저랑 데이트하는 것보다도
차를 운전하는 게 메인이 되지 않았나,
그런 생각을 했을 뿐이에요.
유키시로 아리사
맞선 보고 싶지 않아서
억지스러운 조건을 달았더니
동급생이 온 일에 대해서 8

저도…… 사랑해요.

둘 다 오랜만이야!
잘 지냈어?
타치바나 아야카

유즈루 씨,
좋아하잖아요?

맞선 보고 싶지 않아서
8
억지스러운 조건을 달았더니
동급생이 온 일에 대해서
사쿠라기사쿠라
일러스트
clear
story by sakuragisakura
illustration by clear

커버 및 본문 일러스트_ Clear

Contents

story by sakuragisakura
illustration by clear
designed by AFTERGLOW

제1장

러브러브 학생편

"유즈루 씨. 유즈루 씨…… 일어나요."

"응……?"

천사 같은 귀여운 목소리에 잠에서 깬 유즈루는 간신히 눈을 떴다.

눈을 뜨자 그곳에는 역시나 천사처럼 귀여운 여자아이가 있었다.

유즈루의 약혼자, 유키시로 아리사였다.

"……아리사? 오늘, 자고 가는 날이었던가?"

"무슨 잠꼬대를 하나요."

유즈루의 물음에 아리사는 어이없다는 표정을 지었다.

그리고 한숨을 내쉬었다.

"오늘 수업 있죠? 성적, 떨어지면 안 된다고요?"

"수업…… 성적…… 으앗!! 아리사, 지금 몇 시야?!"

아리사의 말에 유즈루는 황급히 벌떡 일어났다.

주위를 둘러보고 시계를 찾았다.

"열한 시 반이에요. 양치질하고, 세수하고 와요."

"어, 어어…… 알았어!"

유즈루는 황급히 세면대로 향했다.

양치질을 하고, 세수를 하고…… 그리고 수건을 가져오지 않은 것을 깨달았다.

"미안한데, 아리사. 수건 좀 가져다……."

"자, 여기."

아리사는 그러면서 유즈루의 얼굴에 수건을 걸었다.

어느샌가 유즈루의 등 뒤에 서 있었던 것이다.

유즈루는 받아든 수건으로 얼굴을 닦았다.

그런 유즈루를 보고 아리사는 작게 한숨을 내쉬었다.

"너무 서두르잖아요. 앞으로 한 시간은 더 있어요. 차분하게 해요."

"미, 미안해…… 아니, 고마워."

"머리도 좀 다듬어요. 갈아입을 옷이랑 필기도구는 준비해둘 테니까요."

그러면서 아리사는 세면대에서 떠났다.

유즈루는 다시금 자기 머리를 확인했다.

그렇구나, 확실히 여기저기 삐친 곳이 있었다.

'이 정도라면 왁스로…….'

적당히 바르면 얼버무릴 수 있을까?

그런 생각이 뇌리를 스쳤지만 아리사는 불만스러워 할 것이다.

유즈루는 제대로 머리 전체를 물로 적시고 드라이어로 말렸다.

그리고 왁스로 가볍게 모양을 정리했다.

세면대에서 벗어나서 거실로 향했더니 이미 아리사가 기다리고 있었다.

양손에는 옷을 들고 있었다.

“기다렸지. ……준비, 고마워.”

“이제야 겨우 멋있어졌네요.”

아리사는 유즈루에게 그리 말하며 옷을 건넸다.

유즈루는 옷을 받아들고는 잠옷 대신으로 입는 체육복을 벗기 시작했다.

“자, 잠깐만요……! 갑자기 벗지 말아요!”

아리사는 얼굴을 희미하게 붉히며 소리치듯이 말했다.

유즈루는 무심코 쓴웃음 지었다.

“딱히 뭐 어때. 동거하는 사이인데. 속옷 안쪽도…….

유즈루는 그만 비명을 질렀다.

아리사가 유즈루의 발을 밟았으니까.

“아침부터 이상한 소리 하지 말아요!”

“아니, 지금은 이미 낮…….”

“잘 알고 있잖아요. 빨리 옷 갈아입어요.”

“그러니까 지금, 갈아입으려고 하잖아.”

유즈루는 불평을 하면서도 거실에서 나와 재빨리 옷을 입었다.

그리고 체육복을 세탁물 바구니에 넣고 다시 거실로 돌아왔다.

"이걸로 됐지?"

"예. 여기, 필기도구 들어 있는 가방이에요. 잘 들어 있는지 확인해줘요."

"응. ……문제없어. 이것저것 다 맡겨서 미안하네."

"이자 붙여서 갚아요. 그리고 여기. 아침식사……라기보다는 점심이지만."

아리사는 그러면서 랩으로 싼 주먹밥을 유즈루에게 건넸다.

숫자는 하나뿐이지만 살짝 크게 만들어져 있었다.

"최소한이라도 안 먹으면 머리가 안 돌아가잖아요? 그거 먹으면 나가죠."

"고마워. 응, 여전히 맛있어."

고등학생 시절부터 약혼자의 요리가 맛있는 것은 변함이 없었다.

다만 맛은 같지 않았다.

만난 이후로 4년하고도 반년의 세월이 지난 지금이 맛은 더 발전했다.

"주먹밥 같은 건 누가 만들어도 다를 게 없다고 생각하는데요……."

그런 말을 하면서도 아리사는 기쁜 듯 뺨이 풀어졌다.

이렇게 수줍어하는 모습도, 옛날과 변함이 없었다.

"잘 먹었습니다."

"변변치 못하지만요. ……그럼, 갈까요."

"응, 가자."
이리하여 유즈루와 아리사는 아파트를 나와서 대학교로 향했다.

※

고등학교 졸업 후.
유즈루와 아리사는 무사히 대학교에 진학했다.
지금은 같은 대학교, 같은 캠퍼스에 다니고, 그리고 같은 아파트에 살고 있었다.
다른 것은 학부 정도였다.
3교시, 4교시, 5교시 수업을 마친 유즈루는 캠퍼스 안에 있는 도서관으로 향했다.
그리고 이미 4교시 수업으로 오늘 수업을 마쳤을 터인 약혼자를 찾았다.
다행히도 눈에 띄는 용모이기에 금세 찾았다.
"나 왔어. 기다렸어?"
아리사는 마침 노트북 컴퓨터로 무언가 작업을 하고 있었다.
옆에는 책이 쌓여 있었다.
"아뇨, 저도 레포트를 쓰고 있었으니까요. 그것도 지금 끝났어요."
아리사는 그러면서 노트북 컴퓨터를 닫고 일어섰다.

"그럼 돌아가죠. 도중에 슈퍼에 들러도 될까요?"

"물론이지."

두 사람은 그대로 도서관을 뒤로했다.

그리고 캠퍼스를 나와서는 바로 돌아가지 않고 근처 슈퍼로 향했다.

"오늘은 마중 와줘서 고마워. 덕분에 살았어."

도중에 유즈루는 새삼 감사 인사를 했다.

고등학생은 다들 비슷한 시간대, 커리큘럼이지만 대학교에서는 사람에 따라 다르다.

오늘 유즈루는 3교시부터 5교시, 아리사는 2교시부터 4교시였다.

오후니까 괜찮을 것이라며 방심하다가 늦잠을 잔 유즈루를, 아리사는 굳이 마중을 나온 것이었다.

"천만에요. ……제가 늦잠을 잘 때는 깨워달라고요?"

아리사는 웃으며 그렇게 말했다.

유즈루는 쓴웃음 지으며 끄덕였다.

아리사가 늦잠 자는 모습을 상상할 수 없었으니까.

그리고 두 사람은 오늘의 수업 내용이나 최근의 동아리 활동 등등 별것 아닌 대화를 나누고, 어느샌가 슈퍼에 도착했다.

"오늘은 뭐로 할래?"

"비프스튜 같은 건, 어떤가요?"

"좋네."

메뉴도 정하고 두 사람은 필요한 식재료를 장바구니에 넣었다.

쇠고기, 버섯, 양파…… 그리고 레드 와인.

"어라? 아리사…… 그걸 쓰는 거야?"

유즈루는 아리사가 바구니에 넣은 레드 와인을 보고 고개를 갸웃거렸다.

물론 비프스튜에 레드 와인을 사용하는 것 정도는 유즈루도 알고 있었다.

하지만 아리사가 바구니에 넣은 레드 와인은, 요리에 사용하기에는 가격이 비쌌다.

평소에는 조금 더 염가인 요리용 와인을 샀을 터.

"이건 마시는 용이에요."

"……마시는구나."

"예. 레포트도 끝났으니까요."

아리사는 기분 좋게 그리 말했다.

아리사도, 그리고 유즈루도 이미 스무 살을 넘어서 성인이었다.

술을 사거나 마시거나, 그래도 문제없는 나이였다.

법률적으로는 문제없다.

그리고 내일은 토요일…… 둘 다 수업은 없으니까 마셔도 아무런 지장은 없다.

"무슨 문제라도?"

유즈루의 반응에 위화감을 느꼈는지 아리사는 고개를

갸웃거리며 물었다.

유즈루는 크게 고개를 가로저었다.

"아니, 딱히……. 마신다면 치즈나 생햄도 사둘까."

"좋네요. 그리고, 내일 메뉴까지 한꺼번에 사죠."

두 사람은 필요한 것을 사고, 계산을 마치고는 아파트로 돌아갔다.

"그럼 바로 만들게요. ……도와줄래요?"

"물론이야."

이리하여 두 사람은 저녁을 만들기 시작했다.

※

"그럼 유즈루 씨. ……건배."

"건배."

두 사람은 와인 잔을 들고, 함께 만든 요리를 먹기 시작했다.

"네가 만든 비프스튜는 역시, 최고야."

"여전히 입 발린 말은 잘 하네요."

아리사는 유즈루의 말에 기쁜 듯 미소 지었다.

그리고 와인을 한 모금, 머금었다.

"비프스튜는 역시 와인이 잘 맞네요."

"그러네. ……그런데, 아리사."

"왜요?"

"마시는 페이스, 좀 빠르지 않아?"

어느샌가 아리사는 와인 잔을 비우고 있었다.

아리사는 스스로도 깨닫지 못했는지 놀란 듯 입가에 손을 댔다.

"어머……."

"……괜찮아?"

"갠차나요."

아리사는 붉은 얼굴로 자신만만하게 끄덕였다.

이미 혀가 잘 돌아가지 않았다.

아리사는 술에 약하다.

그런 것치고는 마시고 싶어 하는 것이었다.

"자, 아리사. 물도 마셔."

유즈루는 물병의 물을 와인 잔에 따랐다.

하지만 아리사는 불만스럽게 미간을 찌푸렸다.

"물만 마시면, 물 때문에 배가 부르잖아요."

"술 때문에 그러는 것보다는 낫겠지."

"그렇게나 마시진 않는다고요."

아리사는 도리도리 고개를 가로저었다.

평소와 다르게 말을 잘 안 들었다.

이미 취하기 시작한 듯했다.

"꼭 마셨으면 좋겠나요?"

"응, 마셨으면 좋겠어."

취한 모습은 사람마다 제각기 다르겠지만, 아리사는 그

런 배리에이션이 풍부했다.

어떻게 될지 알 수가 없기에 유즈루로서는 가능한 한 이상하지 않게 취하기를 바랐다.

돌보는 것도 큰일이다.

"그럼, 먹여줘요."

"……알았어."

유즈루는 일어서더니 아리사 옆으로 이동했다.

그리고 입에 물을 머금었다.

"음."

그리고 아리사의 입술에 자신의 입술을 꽉 댔다.

작게 열린 아리사의 입술 안으로 물을 흘려 넣었다.

"이러면 됐어?"

"예. ……저도 답례할게요."

아리사는 그러더니 와인을 입에 머금었다.

그리고 몸을 내밀어 유즈루에게 키스를 하려고 했다.

거절하지도 못하고――거절할 이유도 없고――, 유즈루는 아리사의 키스를 받아들였다.

유즈루의 입 안으로 씁쓸한 와인이 흘러 들어왔다.

"어떤가요?"

"응, 맛있어."

유즈루는 그러면서 아리사의 머리를 가볍게 쓰다듬었다.

아리사는 기분 좋은 듯 눈매가 가늘어졌다.

일단 만족한 모양이었다.

그 후로도 두 사람은 음식을 즐겼다.

그리고 요리를 절반 정도 먹었을 무렵…….

"……좀 더워져 버렸어요."

아리사는 그런 말을 꺼냈다.

그리고 보란 듯이 손으로 자기 얼굴에 부채질을 했다.

"벗어도 될까요?"

아리사는 그렇게 말하면서도, 유즈루가 허락하기도 전에 벗기 시작했다.

상반신의 옷을 모두 벗고 캐미솔만 남았다.

"……아래도, 벗어버릴게요."

그리고 치마도 벗어 던져서 팬티만 남았다.

그리고는 유즈루의 팔에 자신의 팔을 휘감았다.

여봐란듯이 커다란 가슴을 꾹 눌렀다.

"벗었더니 추워져 버렸어요."

"그럼 입으면 되잖아."

유즈루는 쓴웃음 지으며 언동의 모순을 지적했다.

술을 마신 뒤의 아리사는 대체로 이런 느낌이 된다.

유즈루도 익숙한 일이었기에 딱히 당황하지는 않았다.

하지만 아리사에게 그것은 별로 재미없는 일이었나 보다.

"괴롭히지, 말아요."

그러면서 아리사는 유즈루를 올려다봤다.

내가 무엇을 하고 싶은가, 무엇을 해주길 바라는가.

말하지 않아도 알잖아?

눈빛으로 그렇게 호소하는 것처럼 보였다.

유즈루는 그런 아리사의 어깨를 가볍게 끌어안았다.

"아……."

그러자 아리사는 기쁜 듯 유즈루의 가슴팍에 자신의 얼굴을 가져다댔다.

"말로 해주지 않으면 모르겠는데."

유즈루는 그러면서 아리사의 머리카락을 쓰다듬었다.

손가락이 귀에 닿자 아리사는 몸을 움찔 떨었다.

"디저트, 먹고 싶지 않나요?"

"먹고 싶은데, 어디 있어?"

"……여기에요."

아리사는 그러면서 자기 가슴을 가리켰다.

유즈루는 당장에라도 아리사를 덮치고 싶은 기분이었지만, 참았다.

"잘 모르겠는데."

그러면서 시치미를 뗐다.

그러자 아리사는 불만스럽게 입술을 삐죽였다.

"짓궂어요……."

"어떻게 해줄까?"

유즈루의 물음에 아리사는 말없이 키스를 하고, 대답했다.

"……안아줘요."

※

"……아침인가."

비쳐드는 아침 햇살을 느낀 유즈루는 눈을 떴다.

그것은 결코 기분 좋은 기상이라고는 할 수 없었다.

어젯밤의 음주 탓인지 머리는 멍하니 무겁고, 목이 마르다고 느꼈다.

또한 왼팔은 팔꿈치 아래로 감각이 없고 무척 저렸다.

왼쪽을 봤더니 그곳에는 유즈루의 왼팔을 베개 삼아서 잠든 약혼자의 모습이 있었다.

행복해 보이는, 무척 안심한, 무방비하게 잠든 얼굴을 드러내고 있었다.

그런 귀여운 약혼자의 얼굴 덕분에 온몸의 나른한 감각은 날아갔다.

'귀엽구나…….'

유즈루는 잠든 아리사의 얼굴을 가만히 바라봤다.

솔직히 왼팔은 힘겨울 정도로 저렸지만, 하지만 잠든 아리사의 얼굴에는 그만한 가치가 있었다.

"……유즈루 씨."

갑자기 아리사가 유즈루의 이름을 불렀다.

유즈루는 한순간 깨워버렸나 생각했지만, 그러나 아리사는 여전히 눈을 감고 있었다.

아무래도 잠꼬대인가 보다.

꿈속에서 유즈루와 함께 있는 듯했다.

"그런 거…… 아, 안 돼요……."

음냐음냐, 아리사는 잠꼬대를 입에 담았다.

아무래도 꿈속의 유즈루는 아리사에게 하면 안 되는 일을 하고 있나 보다.

다만 아리사의 현실 세계 얼굴은 악몽을 꾸는 것처럼도 보이지 않았다.

오히려 입가가 헤실거렸다.

즐거운 꿈을 꾸는 모양이었다.

"정말이지…… 어쩔 수 없다니까……."

유즈루는 쿡쿡 웃음을 흘렸다.

그러자 아리사는 살짝 미간을 찡그렸다.

"응……?"

그리고 가늘게 눈을 떴다.

몇 번인가 눈을 끔벅거린 뒤, 아리사는 유즈루의 얼굴을 멍하니 바라봤다.

"잘 잤어, 아리사?"

"……와앗!"

아리사는 놀란 듯 일어섰다.

이불이 확 들추어 올라갔다.

창문으로 비쳐드는 아침햇살이 아리사의 하얀 상반신을 비추었다.

"조, 좋은 아침이에요. ……유즈루 씨. 꺄악!"

아리사는 유즈루에게 인사한 뒤, 자신이 나신을 드러내고 있다는 사실을 깨닫고 양손으로 몸을 가렸다.

허둥대는 아리사의 행동에 유즈루는 그만 웃었다.

"응, 좋은 아침이야."

유즈루는 다시금 아리사에게 인사한 뒤, 아리사를 가볍게 끌어안았다.

그리고 앞머리를 손으로 들어 이마에 입을 맞추었다.

"그래요."

아리사도 양손으로 가슴을 가리며 유즈루의 뺨에 입을 맞추어 답했다.

"유즈루 씨. ……샤워, 먼저 해도 될까요?"

"그래."

"고마워요."

"……."

"……."

"……안 갈 거야?"

어째선지 욕실로 가려고 하지 않는 아리사에게 유즈루는 물었다.

그러자 아리사는 입술을 삐죽이고, 그리고 한 손으로 유즈루 뒤를 가리켰다.

"저쪽 봐요."

"어, 미안해."

유즈루는 쓴웃음 지으며 뒤를 돌았다.

등 뒤에서 아리사가 이불에서 빠져나가는 것을 느꼈다.

"……그런데, 유즈루 씨."

"응? 왜?"

"저…… 자고 있을 때, 이상한 소리 안 했나요?"

아리사의 물음에 유즈루는 뒤를 돌아보며 대답했다.

"더는 못 먹겠다고 그랬어."

"그, 그런가요."

어딘가 안심한 목소리를 흘리며 아리사는 욕실로 사라졌다.

유즈루는 아리사가 사라진 뒤, 조용히 웃었다.

※

그리고 얼마 후, 몸을 깨끗하게 씻은 아리사가 욕실에서 나왔다.

그리고 교대하듯 유즈루도 욕실로 들어가서 몸을 씻었다.

유즈루가 욕실에서 나오자 무언가 좋은 향기가 코를 간질였다.

아무래도 아리사가 아침을 만드는 모양이었다.

유즈루는 아리사를 도우려고 서둘러 옷을 입었다.

부엌으로 갔더니 예상대로 아리사가 앞치마를 입고서 요리 중이었다.

지금은 마침 된장국을 만드는 중인 듯했다.

“아리사, 도와줄게.”

“고마워요. 그럼, 절임을 준비해줄래요?”

“알았어.”

유즈루는 부엌에 있는 항아리 뚜껑을 열었다.

쌀겨 안에서 오이와 가지를 꺼내고, 묻어 있는 쌀겨를 떼어내고는 식칼로 먹기 좋은 크기로 잘랐다.

“밥, 해동할까?”

“부탁할게요.”

아리사의 허가를 얻은 뒤, 유즈루는 냉장고 안에서 흰밥을 꺼냈다.

전자레인지에 넣고 해동을 시작했다.

“생선 불도 좀 봐줄래요?”

“예입.”

아리사의 지시를 받고 그릴을 열었다.

안에는 연어 조각이 지글지글 맛있는 소리를 내고 있었다.

딱 적당히 구워졌다.

“괜찮을 것 같아.”

“그럼 접시에 담아줘요. ……이쪽도 곧 끝나요.”

아리사는 그러더니 냄비의 불을 껐다.

냉장고 안에서 된장을 꺼내고 국자로 녹이기 시작했다.

유즈루도 쌀겨 절임이랑 생선을 접시에, 해동이 끝난 흰밥을 밥그릇에 담았다.

마지막으로 아리사가 완성한 된장국을 국그릇에 담고, 두 사람은 요리를 테이블로 옮겼다.

““잘 먹겠습니다.””

둘이서 손을 맞대고 식사를 시작했다.

“몸에 스며드는 느낌이야.”

바지락 된장국을 먹으며 유즈루는 무심코 그렇게 중얼거렸다.

아리사의 된장국은 원래 맛있지만, 음주한 다음 날에는 각별히 맛있게 느껴졌다.

“이걸 맛보기 위해서 술을 마신다고 해도 과언이 아니야.”

“그건 아무리 그래도 과언이라고 생각하는데요…….”

아리사는 쓴웃음 지으면서도 유즈루와 마찬가지로 된장국을 입에 머금었다.

그리고 눈매가 가늘어졌다.

“……지금 그건 철회할게요.”

“그렇지?”

두 사람은 그런 대화를 나누며 아침 식사를 마쳤다.

※

“모처럼의 휴일이니까 내일, 놀러 가지 않을래?”

유즈루는 씻은 접시를 아리사에게 건네며 말했다.

“……어디 가고 싶은 곳, 있나요?”

아리사는 유즈루에게 받아든 접시를 행주로 닦으며 물었다.

아리사의 물음에 유즈루는 고개를 가로저었다.

“아니, 딱히 없는데…….”

“흐—응.”

유즈루의 대답에 아리사는 무언가를 헤아린 모양이었다.

그런 아리사에게 유즈루는 조심스럽게 물었다.

“저기…… 싫어?”

“설마요. ……장소는 제가 고르면 되나요?”

“물론이지.”

아리사의 물음에 유즈루는 끄덕였다.

“그럼, 생각해둘게요.”

아리사는 미소를 지으며 그렇게 말했다.

다음 날 아침.

“너랑 데이트하는 건 오랜만이니까, 기대되네.”

유즈루는 차를 운전하며 기분 좋게 말했다.

한편 조수석에 앉은 아리사는 쓴웃음 지었다.

“오랜만이라니…… 일주일 전에도 했잖아요.”

일주일 정도 전에 근처 미술관에 다녀왔다.

아리사의 지적에 유즈루는 얼버무리듯이 말을 고쳤다.

“어, 아니, 멀리 나가는 게 오랜만이라는 의미인데…….”

"정확하게는 드라이브를 하는 게 오랜만, 아닌가요?"

아리사가 뾰로통한 눈빛으로 유즈루에게 말했다.

"차 같은 건 필요 없다고 그랬던 것치고는…… 즐거워 보이네요."

유즈루가 운전하는 차는 아버지에게 받은 것이다.

다만 사달라고 한 것은 아니었다.

반쯤 떠넘기는 것 같은 모양새로 물려받은 것이었다.

유즈루의 아버지가 아들에게 차를 준 것은, 아들을 생각했기에…….

그런 것이 아니라, 자기가 차를 새로 사고 싶어서 그랬다.

돈에 여유가 있다고는 해도 아내의 눈이 있는 이상, 간단히 살 수는 없는 것이었다.

"어, 아니, 기왕 받았는데 안 쓰면 손해잖아?"

유즈루는 변명하듯 아리사에게 말했다.

유즈루의 집 주변에는 대중교통이 발달해 있다.

도로도 자주 막히니까 자가용 자동차보다는 전철이나 버스를 이용하는 편이 편리하다.

무엇보다도 차는 관리나 보관에도 신경을 써야 한다.

그래서 유즈루는 떨떠름한 기분으로 차를 받았지만…….

막상 운전하기 시작했더니 즐거워진 것은 부정할 수 없었다.

"흐—응?"

"게다가 정기적으로 운전하지 않으면 실력이 떨어져 버

리잖아?"

"그건 일리 있네요."

아리사도 유즈루와 같은 시기에 면허를 취득했다.

아리사는 운전이 서투르지는 않지만 특기라고 할 수 있을 정도는 아니었다.

그러니까 유즈루가 차를 이용할 기회를 만들어주는 것은 고맙다고 느꼈다.

"다만, 저랑 데이트하는 것보다도 차를 운전하는 게 메인이 되지 않았나, 그런 생각을 했을 뿐이에요."

"설마."

유즈루는 고개를 크게 가로저었다.

"나는 드라이브가 좋은 게 아냐. 너랑 드라이브를 하는 게 좋은 거야. ……믿어줘."

"알고 있어요. 놀린 것뿐이에요."

아리사는 그러면서 웃었다.

한편 유즈루는 아리사가 기분이 나쁘지 않다는 사실에 가슴을 쓸어내렸다.

그리고 한 시간 뒤, 목적지에 도착했다.

차에서 내리는 것과 동시에 독특한 향기가 났다.

좋은 냄새인지 악취인지 묻는다면, 굳이 따지자면 후자였다.

"이 동물원은 동물을 직접 만져볼 수 있는 걸로 유명하거든요."

아리사는 미처 흥분을 감추지 못하는 기색으로 말했다.

그렇다, 아리사가 데이트 장소로 고른 것은 동물원이었다.

당일치기 겸 자동차를 사용하는 거리(라는 것도 유즈루가 드라이브를 하고 싶어 하던 것은 명백하니까)라는 제한 안에서 골라준 모양새가 되었다.

오늘은 한가득 동물을 만지고, 가능하다면 제대로 털에 파묻히고 싶다!

입 밖으로 그런 말을 꺼내지는 않았지만, 태도와 복장(더러워져도 되는 낡은 옷이랑 청바지 등등)으로 드러나고 있었다.

"그럼 빨리 들어갈까."

"예!"

유즈루와 아리사는 얼른 입장 게이트로 향했다.

휴일이기도 해서 매표소에는 순서를 기다리는 줄이 생길 정도로 사람이 모여 있었다.

"아이들 숫자가 많네요."

"그러네. 굳이 따지자면…… 가족 대상인 모양이니까."

굳이 표현한다면 '아동용'이었다.

원래 동물원은 아이들도 즐길 수 있는 구조로 된 곳이 많은데, 이 동물원은 특히 타깃층을 어린이…… 요컨대 가족으로 좁히고 있는 듯했다.

"그럼, 오늘은 예습이네요."

"……예습?"

아리사의 말에 유즈루는 무심코 고개를 갸웃거렸다.

그러자 아리사는 농담이라는 분위기로 대답했다.

"아이가 생겼을 때의 예습이에요."

"아아…… 그렇구나."

'아이가 생기면 또 여기에 오자'라는 이야기였다.

성급한 느낌의 이야기이기는 하지만, 결코 먼 미래의 이야기가 아니었다.

"그러네. 그때를 위해서, 제대로 즐겨볼까."

"예!"

그런 대화를 나누며 두 사람은 표를 구입하고 동물원으로 들어갔다.

※

입장하고 가장 먼저 두 사람이 방문한 곳은 '만남의 광장'이라는 이름의 코너였다.

이름 그대로 동물――주로 자그마한 동물――과 만날 수 있는 장소였다.

또한 이 공원의 테마와 마찬가지로 굳이 따지자면 아동용이었다.

"여기는 병아리나 모르모트를 만져볼 수 있대요!"

"병아리랑 모르모트인가……."

'으—음, 저긴 좀 들어가기 힘든데…….'

아이들이 무리 지은 장소를 멀찍이서 바라보며 유즈루는 내심 중얼거렸다.

연령층은 주로 유치원 아동부터 초등학생 정도.

물론 중학생 이상인 아이, 성인 어른의 모습도 있지만…… 어린 형제나 아이와 함께 있다는 분위기였다.

스무 살을 넘은 유즈루와 아리사의 모습은 붕 떠 있을지도 모른다.

물론 등한시 당할 일은 없겠지만.

"……아리사. 조금 혼잡하니까, 여긴 뒤로 돌리지 않을래?"

유즈루는 옆에 있을 터인 아리사에게 그렇게 말을 건넸다.

하지만 아리사에게서 대답이 돌아오지 않았다.

"……아리사?"

"유즈루 씨! 빨리 와요!"

어느샌가 아리사는 이미 '만남의 광장'에 들어가서, '병아리' 코너 쪽에서 아이들과 함께 순서를 기다리고 있었다.

유즈루는 쓴웃음 지으면서도 서둘러 아리사를 뒤쫓았다.

순서는 금세 돌아왔다.

커다란 상자 안에서 수많은 병아리들이 삐약삐약 울며 움직이고 있었다.

이중에서 마음에 드는 병아리를 골라서 안는다.

즐겼다면 다시 상자에 돌려놓는다……는 시스템인 듯

했다.

"으, 으―응……."

조금 전까지 아리사는 기대감에 두근두근했지만, 막상 병아리를 눈앞에 두자 곤란하다는 표정을 지었다.

병아리에게 손을 뻗고, 주저하고, 흘끗흘끗 주변을 둘러본 뒤, 또다시 병아리에게 시선을 되돌린다……는 동작을 반복했다.

"왜 그래? 아리사."

"어떻게 안으면 좋을까요?"

"해본 적 없어?"

"처음이에요. ……경험, 있나요?"

"뭐, 어릴 적에."

어릴 적, 유즈루는 동물원에서―― 물론 이곳은 아니지만―― 병아리를 만져본 경험이 있었다.

그다지 고생한 기억은 없지만, 주의점이 몇 가지 있었다는 것을 기억했다.

"이런 식으로…… 아래쪽에서 감싸듯이 하면 돼."

유즈루는 그러면서 병아리를 양손으로 감싸고 퍼 올렸다.

병아리 다리만을 양손 사이로 내밀었다.

이렇게 하면 병아리가 다리를 움직여 날뛰다가 양손에서 떨어지는 사태를 막을 수 있다.

"그렇군요."

"자, 해봐."

유즈루는 막 들어 올린 병아리를 풀어주고 아리사에게 재촉했다.

아리사는 긴장한 표정으로 병아리에게 손을 뻗었다.

쉽게 부서지는 문화재를 다루듯이 아리사는 병아리를 안아 들었다.

"오오…… 따듯해요. 폭신폭신해요."

아리사는 그러면서 기쁜 듯 미소 지었다.

엄지를 재주 좋게 움직여서 병아리의 머리를 다정하게 쓰다듬었다.

한편 병아리는 느긋한 성격인지, 아니면 아리사의 손 안이 따듯했는지…… 눈을 떴다가 감았다가, 꾸벅꾸벅 졸기 시작했다.

"아리사. 병아리가 자는데."

"어머, 정말이네요. 후후, 귀여워요."

아리사는 그러면서 눈으로 호를 그렸다.

그런 아리사(와 겸사겸사 병아리)는 너무나도 귀여웠다.

이것을 보존하지 않는 것은 아깝다.

"아리사. 그대로 미소로 부탁해."

"예?"

유즈루는 휴대전화 카메라 기능을 켜고 자세를 잡았다.

처음에 아리사는 조금 놀란 기색이었지만 금세 만면의 미소를 지어주었다.

플래시는 병아리를 배려해서 끄고, 사진을 세 장 정도

촬영했다.

"그럼, 아리사. ……슬슬 다음 장소로 넘어가지 않을래?"

유즈루는 뒤에서 순서를 기다리는 아이에게 흘끗 시선을 향하고는 말했다.

조금 더 이 자리에 있어도 규칙 위반은 아니겠지만…….

스무 살을 넘긴 어른은 빨리 마무리하는 편이 낫겠다는 판단이었다.

"그러네요. 다음은 모르모트를 만지러 가요."

아리사는 아쉬워하면서도 병아리를 상자 안으로 돌려놓았다.

돌아갈 때까지 병아리는 자고 있었지만, 땅바닥에 발이 닿은 순간에 정신을 차린 듯이 눈을 끔벅거렸다.

"……자다 깬 유즈루 씨 같아요."

"이렇게 귀엽진 않겠지."

"그도 그러네요."

"……."

"농담이에요."

아리사는 즐겁게 웃었다.

※

"으—음, 귀엽기는 한데요……."

"산책을 시키기에는 미묘하네."

유즈루와 아리사는 눈앞에서 풀을 뜯는 토끼를 앞에 두고서 쓴웃음을 지었다.

'만남의 광장'을 뒤로한 두 사람은 동물을 산책시킬 수 있는 서비스를 이용해보기로 했다.

그중에서 아리사가 고른 동물은 토끼였다.

토끼에게는 목걸이와 목줄이 달려 있었다.

동물원 안에 있는 공원 안에서라면 빌린 토끼를 자유롭게 만지거나 산책도 할 수 있는데…….

"먹기만 하고, 전혀 움직이지를 않네요."

아리사는 토끼의 머리를 쓰다듬으며 쓴웃음을 지었다.

두 사람은 '강아지 산책'을 상상했지만, 토끼는 개만큼 적극적으로 걷지 않았다.

아무래도 그렇게까지 산책은 좋아하지 않나 보다.

조금 전부터 계속 공원에 나 있는 풀을 뜯고 있었다.

그렇다고 해서 느긋하게 있을 수 있느냐면, 갑자기 뛰어가는 일이 있으니까 마음은 놓을 수 없었다.

"뭐, 동물이니까. 어쩔 수 없지."

동물한테는 각자 고유의 생태가 있다.

토끼에게 개와 같은 움직임을 원한다면 잘못일 것이다.

"하지만 아이한테는 조금 지루할지도 모르겠네요. 염소 쪽이 재미는 더 있을지도 모르겠어요."

"그건 그것대로 힘들 것 같은데……."

두 사람은 멀리서 염소에게 끌려다니는 사람을 보며 쓴

웃음 지었다.

토끼 외에도 고를 수 있는 동물로 염소가 있었다.

귀여움은 (일반적으로는) 토끼 쪽이 평가는 높겠지만, 염소 쪽이 움직임은 활발해서 재미있어 보였다.

다만 염소 쪽이 토끼보다도 아득히 힘이 강하다.

이건 이것대로 아동용이라고 하기는 힘들었다.

"이 아이, 봤더니 배가 고파져 버렸어요."

갑자기 아리사가 그런 말을 꺼냈다.

"아무리 그래도 토끼 고기는 안 팔 것 같은데……."

"그런 의미가 아니에요!"

"알아, 알아."

맛있게 풀을 뜯는 토끼를 봤더니 자신도 점심을 먹고 싶어졌다.

그런 의미라는 것은 유즈루도 잘 알고 있었다.

"알고 있다면 놀리지 말아요. ……점심, 안 준다고요?"

"죄송합니다."

"어쩔 수 없네요."

서비스가 끝날 때까지는 아직 시간이 있지만, 두 사람은 토끼를 돌려주고 점심을 먹기로 했다.

※

"어떤가요, 유즈루 씨. 맛은."

닭튀김을 먹는 유즈루에게 아리사는 물었다.
유즈루는 닭튀김을 씹고는 대답했다.
"평소처럼, 맛있어."
"그건 다행이네요."
아리사는 그러면서 미소 지었다.
그리고 자신은 달걀말이로 젓가락을 뻗었다.
그 달걀말이는 묘하게 형태가 무너져 있어서, 반찬 안에서도 나쁜 의미로 한층 더 눈에 띄었다.
"……그쪽은 어때?"
아리사가 달걀말이를 먹은 타이밍에 유즈루는 물었다.
그 달걀말이는 바로 유즈루가 구운 것이었으니까.
"맛있어요. 제대로 잘 구웠어요."
"그건 다행이네."
유즈루는 안도하며 가슴을 쓸어내렸다.
모양은 나쁘더라도 맛은 결코 나쁘지는 않나 보다.
"잘 성장해서 장하네요."
"네 지도편달 덕분이야."
"그렇군요, 후후……."
유즈루의 호들갑스러운 말에 아리사는 즐겁게 웃었다.
그리고는 주먹밥을 하나, 손에 들었다.
"문득 생각이 났는데요……."
"뭔데?"
"아이한테 만들어준다면, 이런 건 작게, 한 입 사이즈로 만드는 편이 나을까요?"

아이한테 만들어준다면.

한순간 유즈루는 무슨 이야기인지 이해하지 못했지만, 금세 '유즈루와 아리사 사이에 태어날 아이'의 이야기임을 깨달았다.

"으, 으—음, 그러네. 그럴지도 모르겠지만……."

"……겠지만?"

"너무 성급한 이야기 아닐까……?"

둘 다 아직 대학교 2학년이다.

졸업 후에 결혼해서 아이가 생긴다고 생각하더라도 아직 먼 이야기다.

"하지만 앞으로 2년 정도 아닌가요?"

"설령 2년 뒤에 태어나더라도, 젖을 떼는 건 좀 더 뒤잖아?"

"그것도 그러네요. ……그래도 금방 온다고 생각하는데요."

"……."

유즈루로서는 결혼하고도 조금 더 둘만의 시간을 만끽하고 싶었다.

다만 아리사의 적극적인 마음에 찬물을 끼얹는 것도 좋지 않으니까 입 밖으로 꺼내지 않았지만.

"으으—음, 하지만……."

아리사는 자기 가슴에 손을 대고── 그렇다기보다는 손으로 가볍게 붙잡으며 고개를 갸웃거렸다.

무언가 자신의 가슴에 대해서 생각하는 듯했다.

그렇지만 그것은 유즈루가 아리사와 오래 사귀었기에 알 수 있는 일이었다.

옆에서 보면 야외에서 자기 가슴을 스스로 주무르기 시작한…… '이상한 사람'이었다.

"아리사. 뭔가 신경 쓰이는 게 있어? ……가슴에."

"아─, 그게……."

아리사는 얼굴을 어렴풋이 붉히며 손을 뗐다.

그리고 얼버무리듯이 복장을 바로잡았다.

"생각이 좀 나서요."

"……뭘?"

"정말로 나올까…… 해서요. 어떻게 생각하나요?"

"어어……."

그런 말을 해도.

유즈루는 그렇게 쓴웃음 지었다.

"……잔뜩 나올 것 같아 보이는데."

"……변태."

"물어본 건 너잖아?!"

양손으로 가슴을 가리고 자신을 노려보는 아리사에게 유즈루는 항의하는 목소리를 높였다.

먼저 그런 이야기를 꺼낸 것은 아리사였다.

“어떻게 생각하나요?”라고 물으니까, 생각난 그대로의 인상을 입에 담았을 뿐이었다.

“아하하!”

유즈루의 반응에 아리사는 즐겁게 웃었다.

아리사 나름대로의 농담이었나 보다.

“하지만 크기는 관계없다고 생각한다고요? 아마도.”

“그건 나도 알아. ……안 나와도 분유 같은 게 있으니까 걱정할 것 없잖아?”

“그러네요. 걱정하진 않아요.”

“어, 그래?”

“다만, 제 몸에서 그런 게 나오게 되다니…… 신기하구나, 그냥 생각이 나서 말해봤어요.”

두서없는 잡담이었나 보다.

“그렇구나”라고 유즈루는 맞장구를 치면서도 내심 가슴을 쓸어내렸다.

아리사가 불안을 품고 있지 않다는 사실에 안심한 것이었다.

이런 쪽의 화제에 대해서는 남자인 유즈루는 체험할 길이 없으니까 아무래도 신중해지고 만다.

“후훗…….”

“……아리사?”

멋대로 걱정하고 혼자서 안심하는 유즈루를 보고 아리사는 즐겁게 웃었다.

그리고 아리사는 유즈루의 팔에 자신의 팔을 감았다.

부드러운 가슴이 유즈루의 팔에 닿았다.

"유즈루 씨 아이니까요. 틀림없이 가슴을 엄청 좋아하겠죠."

"그만해, 사람을 갓난아기처럼 말하는 건."

"아까부터 계속 제 가슴 보고 있었으면서."

"그, 그건……."

아리사의 지적에 유즈루는 그만 말문이 막혔다.

확실히 자연스럽게 아리사의 가슴을 보면서 대화를 나누고 말았지만, 하지만 유즈루에게도 핑계가 있었다.

"가슴 이야기를 했으니까 어쩔 수 없잖아. 애당초 가슴 이야기를 먼저 시작한 건 너야."

"변명하기는."

"딱히 변명이 아니라……."

"괜찮아요. 안 된다고 하진 않았어요."

쿡쿡 아리사는 즐겁게 웃었다.

한편 놀림을 당한 유즈루는 아주 살짝 화가 났다.

되갚아주고 싶다는 기분에 사로잡혔다.

"……그러는 너도 말이지."

"어, 아, 잠깐……."

유즈루는 아리사의 등으로 손을 둘렀다.

평소라면 어깨나 팔에서 멈출 참이지만 굳이 그 너머에, 가슴에 닿았다.

"응……."
가슴에 손가락을 파묻으며 그대로 끌어당겼다.
아리사의 입술에서 작은 목소리가 새어 나왔다.
"여기, 좋아하잖아?"
유즈루는 아리사의 귓가에 그리 속삭였다.
아리사의 귀가 점점 붉게 물들었다.
"그만 해요. 성희롱이라고요, 성희롱……."
"안 된다고 하진 않았다……고, 조금 전에 그랬지?"
"그건 보는 것 이야기예요. 만지는 건 안 돼요."
"먼저 가슴을 꾹 가져다 댄 건 너잖아?"
"따, 딱히 가져다 댄 게……."
그런 의도는 없었다고 주장하는 아리사.
고등학생 시절이라면 그 변명도 통했을지도 모르지만, 지금의 아리사는 그렇게까지 숫되지 않다는 사실을 유즈루는 알고 있었다.
"오늘 밤, 어때?"
유즈루는 아리사의 귓가에 속삭였다.
아리사는 고개를 끄덕이지도 가로젓지도 않고, 대답했다.
"……그때 가서, 생각할게요."
"그런가."
유즈루는 아리사의 등으로 두르고 있던 손을 내렸다.
긴장 탓에 굳어 있던 아리사의 몸에서 힘이 빠져나갔다.
그 순간.

"후우……!"
"햐앙!"
유즈루는 아리사의 귀에 숨을 불어넣었다.
움찔, 아리사는 몸을 떨고 입술에서 귀여운 목소리를 흘렸다.
"자, 잠깐만요!"
"기대할게."
유즈루가 그렇게 말하자 아리사는 고개를 홱 돌렸다.
"……멋대로 해요."
그리고 중얼거리듯이 말했다.

※

저녁.
해가 지기 전에 유즈루와 아리사는 차를 타고 귀로에 올랐다.
"아리사, 이제 곧 고속도로인데…… 교대 안 해도 괜찮겠어?"
"예, 괜찮아요."
유즈루의 물음에 아리사는 기운차게 대답했다.
갈 때와는 달리 돌아가는 차 안에서 운전대를 잡고 있는 것은 아리사였다.

"저도 운전하지 않으면 아예 몰 수도 없게 되어 버리니까요."

망설임 없이 아리사는 고속도로로 들어섰다.

그리고 틈을 봐서 오른쪽의 추월 차선으로 이동했다.

속도도 점점 올라갔다.

"……안전운전이야."

"편안하게 있어요."

아리사는 기세 좋게 대답했다.

더욱 속도를 올렸다.

"자도 된다고요? 도착하면 깨울게요."

"아니, 그렇게까지 졸리진 않으니까."

아리사의 운전은 결코 서투르지 않았다.

오히려 잘하는 편이었다.

하지만 속도를 지나치게 내는 구석이 있었다.

일반도로라면 그렇게까지 올리지 않는다(올릴 수 없다)만 고속도로, 특히 차량 숫자가 적을 때에는 유즈루의 상상을 넘어서는 기세로 달린다.

그러니까 무서워서 잘 수가 없었다.

유즈루는 주변의 차량 속도와, 그리고 속도계를 차례차례 확인했다.

"……아리사, 속도 좀 낮춰."

"예?! ……뭐, 유즈루 씨가 그렇게 말한다면."

떨떠름한 태도로 아리사는 속도를 낮추었다.

서서히 속도가 내려가는 차 안에서 유즈루는 내심 가슴을 쓸어내렸다.

그대로 두 사람은 순조롭게 고속도로를 나아갔다.

이 상태라면 예정보다도 빨리 집에 도착하겠다고 유즈루가 생각하던…… 그때였다.

——전방에 정체가 있습니다.

내비게이션이 불온한 소리를 꺼내기 시작했다.

그리고 조금 더 나아가자 서서히 차간거리가 줄어들고…….

"으음……."

"이건 심각한데."

정말로 정체에 걸려버렸다.

그리고 30분.

차는 거의 앞으로 나아가지 못했다.

"……이래서야 걸어가는 편이 빠르겠어요."

"으—음, 밤늦게나 도착하겠어."

인터넷을 이용해서 정체 정보를 확인한 유즈루는 한숨 섞인 말을 흘렸다.

유즈루의 말에 아리사도 싫다는 듯 미간을 찌푸렸다.

교통정체를 좋아하는 사람은 거의 없을 것이다.

"일반도로 쪽이 빠르진 않을까요?"

"으—음, 크게 차이는 없어 보이는데……."

유즈루는 인터넷으로 경로를 탐색하며 대답했다.

"으—응…… 움직임이 없으니 졸리네요."

아리사는 그러면서 크게 하품을 했다.

졸음이 깨는 껌을 꺼내어 씹기 시작했다.

그런 아리사를 보고 있었더니 유즈루도 잠기운을 느끼기 시작했다.

"휴게소에서……."

잠깐 자고 갈까.

그렇게 제안하려던 그때, 유즈루의 뇌리에 묘안이 떠올랐다.

인터넷을 이용해서 '묘안'이 실현 가능한지 확인했다.

다행히도 다음 인터체인지에서 나가면 근처에 '몇 곳'이 있는 모양이었다.

"아리사는 내일, 수업은…… 오후부터였던가?"

"예, 그래요. ……그런데요?"

"차 안에서 보내는 것도 피곤할 테니까, 묵고 가는 건 어떨까 해서."

"묵고 간다고요? 아침까지 말인가요?"

"그러네."

아무리 그래도 하룻밤 지나면 교통정체도 풀린다.

수업은 오후부터니까 아침에 호텔을 나서면 충분히 때를 맞출 수 있다.

몸도 제대로 쉴 수 있다.

……그것이 유즈루가 생각한 '묘안의 절반'이었다.

"묵고 간다면, 비즈니스호텔 같은 곳에서?"

"으—음, 뭐, 비즈니스호텔도 괜찮다고 생각은 하지만."

아리사는 고개를 갸웃거렸다.

유즈루는 살짝 부끄럽다는 기분을 느끼면서도, 제안했다.

"러브호텔, 가보고 싶지 않아?"

"러, 러브호텔?!"

아리사의 얼굴이 살짝 붉게 물들었다.

유즈루도 아리사도 그럭저럭 오랜 사이지만, 아직 '러브호텔'에 간 적이 없었다.

동거하고 있으니까 굳이 그런 곳에서 묵을 동기가 희박했기 때문이었다.

"흥미 없어?"

"흥미는…… 없지는, 않은데요……."

아리사는 앞을 보면서도 살짝 얼굴을 붉히며 말했다.

"그건, 한다는…… 전제잖아요."

"딱히 해야만 한다는 규칙도 없다고 생각하는데."

"묵고 가는데…… 안 하나요?"

"아리사가 내키지 않는다면, 딱히."

러브호텔에서 묵어보고 싶다.

그것은 행위를 하고 싶은가 아닌가, 그것과는 또 다른 흥미였다.

유즈루의 대답에 아리사는 안심한 것 같은, 동시에 살짝 아쉬운 것 같은 복잡한 표정을 지었다.
"그러면…… 가보죠. 경험은 중요하니까, 한 번 정도는."
"그럼 결정이네. ……다음 인터체인지에서 빠지면 돼."
"알겠어요."
이리하여 두 사람은 인생 첫 러브호텔로 향했다.

※

"슬슬 보일 텐데……."
"으—응…… 아! 저건가요? 저기 있는 성!"
아리사의 시선 앞에는 화려한 조명을 받고 있는 서양풍의 성……으로 보이는 건물이 있었다.
한눈에 목적지임을 알 수 있었다.
"아마도, 그렇겠네. 주차장은…… 저기인가?"
딱히 트러블도 없이 아리사는 주차장에 차를 세웠다.
두 사람은 차에서 내려 입구로 향했다.
"……유즈루 씨, 저거, 봐요."
도중에 아리사는 유즈루의 귓가로 얼굴을 가져다대고 속삭였다.
아리사가 가리킨 쪽을 봤더니 그곳에는 젊은 여성과 연배가 있는 남성이 있었다.
나이 차이는 적게 잡아도 스무 살 이상은 되어 보였다.
"저건…… 저거겠죠?"

"……순애일지도 모르잖아."

보는 것만으로 관계성까지는 알 수 없다.

다만 유즈루도 아리사와 같은 의견이기는 했지만.

유즈루와 아리사는 2인조의 뒤를 따르듯이 호텔 안으로 들어갔다.

2인조는 일체의 망설임도 드러내지 않고 프론트에 설치된 기계로 향했다.

기계를 조작하고 돈을 지불했다.

그리고 엘리베이터 안으로 사라졌다.

"저게 정산기인가?"

"그런…… 모양이네요."

두 사람은 두근두근하는 기분으로 정산기로 향했다.

터치 패널에 표시되는 안내에 따라서 방을 골랐다.

돈을 지불하자 기계에서 영수증과 방 번호가 적힌 종이가 나왔다.

"열쇠는 어떻게 되는 거죠?"

"으—음…… 뭐, 가보면 알 수 있지 않을까?"

우선 두 사람은 선택한 방으로 향했다.

방문은 잠겨 있지 않아서 문제없이 입실할 수 있었다.

"안쪽에서는 문을 잠그고 열 수 있는 모양인데…… 바깥쪽에는 없나 봐."

"둘이 다 같이 나가진 않는 편이 좋겠어요."

도어록 구조를 모두 확인한 두 사람은 다시금 방 안의

모습을 확인했다.

색상은 살짝 핑크 쪽이지만, 그것을 제외하면 평범한 호텔처럼 보였다.

"화장실도 깔끔하네."

"욕실도요. 입욕제 같은…… 어메니티도 좋은 게 갖추어져 있어요."

위생적으로도 서비스적으로도 평범한 호텔과 손색이 없었다.

두 사람은 내심 안도하며 가슴을 쓸어내렸다.

……더러우면 어떻게 할까, 조금 경계했던 것이다.

"마실 건 자동판매기로 살 수 있나. 아리사, 뭐 마실래? ……아리사?"

대답이 없었다.

유즈루는 무언가를 바라보며 굳어 있는 아리사 쪽으로 향했다.

"아리사, 왜 그래?"

"와앗?! 뭐, 뭔가요?!"

유즈루가 어깨를 두드리자 아리사는 몸을 크게 떨었다.

유즈루는 아리사가 보던 것을 들여다봤다.

"흐—응……."

"아, 어, 저기, 이, 이건……."

그것은 이른바 '어른의 장난감'이었다.

무료로 빌릴 수 있는 듯했다.

유즈루도 아리사도 아직 그런 물건은 쓴 적이 없었지만…….

"개인적으로는, 이런 장소에 있는 건 위생 측면에서 문제가 있을 테니까 그만두는 편이……."

"아, 알고 있어요! 시, 신경이 쓰였을 뿐이에요."

"……신경은 쓰였구나."

"그, 그게 잘못인가요?!"

아리사는 낮은 목소리로 미간을 추어올리며 유즈루를 노려봤다.

미인은 화를 내면 무섭다……지만, 화난 얼굴에 '수줍음'이 섞여버렸기에 박력이 부족했다.

"아니, 신경이 쓰인다면, 집에 가서 사도 될까 싶어서……."

"……새, 생각해둘게요."

아리사는 부끄러운 듯 고개를 돌리며 말했다.

"일단, 아리사. 샤워, 하지 않을래?"

"그러네요. ……조금 냄새도 나니까."

아리사는 그러면서 자기 옷에 코를 댔다.

불과 몇 시간 전까지 동물과 접촉했다.

서로 몸에서 동물 냄새가 났다.

"누가 먼저 들어갈래?"

유즈루는 별생각 없이 그렇게 묻자 아리사는 불만스러운 표정을 지었다.

"……누가 먼저?"

"같이 들어갈까?"

유즈루가 묻자 아리사는 당황한 듯 고개를 가로저었다.

"누가 먼저라도 괜찮아요. ……유즈루 씨가 편한 쪽으로."

"그럼, 같이 들어갈까."

"……놀리는 거였죠?"

아리사는 그러면서 유즈루를 뾰로통하게 노려봤다.

유즈루는 어깨를 으쓱이고는 옷을 벗기 시작했다.

아리사는 그런 유즈루의 모습을 가만히 바라봤다.

유즈루가 옷을 모두 벗어도 아리사는 멍—하니 서 있을 뿐이었다.

그런 아리사에게 유즈루는 물었다.

"벗겨줬으면 해?"

"……부탁할게요."

"분부하시는 대로."

유즈루는 아리사의 희망대로 정중하게 그녀의 옷을 벗겨주었다.

서로가 실오라기 하나 걸치지 않은 모습이 되었다.

"그럼 갈까."

"예."

수줍은 듯 국부를 가리는 아리사의 어깨를 밀며 두 사람은 욕실로 향했다.

그리고 30분 뒤.

샤워로 몸을 씻은 두 사람은 침대에 앉았다.

둘 다 수건을 몸에 감아서 소중한 장소를 가렸다.

"목, 마르네요."

"그러네. 마실 거, 살까. 뭐가 좋아?"

"자기 전이니까…… 생수로."

유즈루는 아리사의 희망대로 생수를 구입해서 건넸다.

아리사는 생수를 삼 분의 일 정도 마신 뒤, 유즈루에게 건넸다.

"여기요."

"고마워."

유즈루도 생수가 든 페트병을 입에 댔다.

새삼스럽게 간접 키스 따위로 떠들어댈 사이가 아니었다.

"저기…… 유즈루 씨."

"응? 왜?"

"그게……."

페트병 뚜껑을 닫으며 유즈루가 묻자 아리사는 머뭇거리기 시작했다.

그리고는 허공으로 시선을 헤맸다.

그리고 여봐란듯이 손뼉을 쳤다.

"그, 그렇지. 텔레비전, 안 볼래요?"

아리사는 그러고는 근처에 있던 리모컨을 조작했다.

동시에 텔레비전 화면에 뒤얽힌 알몸의 남녀가 나왔다.

"와와!!"
아리사는 허둥지둥 텔레비전을 껐다.
그리고 수줍은 표정을 지었다.
"지, 지금 그건 딱히 특별한 의도가 있었던 건……."
"아리사."
유즈루는 아리사의 이름을 부르고 그녀의 턱에 손을 댔다.
"어, 앗…… 응!"
그리고 억지스럽게 입술을 빼앗았다.
아리사는 놀란 듯 눈을 부릅떴지만 금세 몸을 맡겼다.
서로 혀를 휘감았다.
"계속, 할래?"
유즈루는 아리사의 수건에 손가락을 대며 물었다.
유즈루의 물음에 아리사는 작게 끄덕였다.
"……예."
"그럼, 사양 않고."
유즈루는 아리사의 수건을 벗기고 넘어뜨렸다.
그리고 아리사의 가슴에 손을 얹고 귓가에 속삭였다.
"낮에 한 약속, 기억해?"
"……몰라요."
아리사는 새빨갛게 물든 얼굴을 돌리며 말했다.
거짓말을 할 때의 얼굴이었다.

"그럼, 떠오르게 해줄게."

"……부탁해요."

유즈루의 말에 아리사는 그를 올려다보며 말했다.

길고 달콤한 밤이 시작되었다.

※

1월 둘째 월요일.

아리사는 칸토의 본가로 귀성했다.

"어떨까요?"

옷을 갈아입은 아리사는 가족 앞에서 그렇게 물었다.

가장 먼저 대답한 것은 메이였다.

"굉장해! 엄청 예뻐요!!"

메이의 솔직한 감상에 아리사는 무심코 미소 지었다.

아리사가 입고 있는 것은 화사한 빨간색 후리소데였다.

그렇다, 오늘은 성인식.

아리사에게 경사스러운 날이었다.

……엄밀하게는 성인 연령은 18세이지만, '성인식' 자체는 예년 그대로 해당연도에 스무 살을 맞이한 사람을 대상으로 진행되고 있었다.

"음, 잘 어울리는구나."

나오키도 만족스럽다는 표정으로 말했다.

한바탕 일을 마쳤다, 그런 표정이었다.

"엄청 예뻐."

"그런가요."

하루토의 말에 아리사는 담백한 목소리로 대답하고는, 아직 유일하게 감상을 입에 담지 않은 양어머니── 아마기 에미를 돌아봤다.

"어떤가요?"

"……어울리네."

에미는 조금 분하다는 표정을 지으며 대답했다.

그녀의 대답에 아리사는 입가를 끌어올렸다.

"비싼 값은 하네."

에미는 덧붙이듯이 그렇게 말했다.

그런 에미의 태도에 아리사는 쓴웃음 지었다.

"그건 잘됐네요."

가족들의 감상을 들은 후, 아리사는 집 밖으로 나왔다.

잠시 기다리고 있었더니 차가 한 대 다가와서, 아리사의 집 앞에 멈췄다.

문이 열렸다.

그리고 안에서 전통 복장을 입은 약혼자가 나타났다.

"안녕, 아리사. 정말 멋진 의상이네. 평소에도 귀엽지만, 오늘은 한층 더 예쁘게 보여."

"후훗…… 고마워요."

유즈루의 칭찬에 아리사는 오늘 최고의 미소를 지었다.

"유즈루 씨도 무척 잘 어울려요. 멋있어요."

유즈루는 검은색 문양이 있는 기모노를 입고 있었다.

문양은 당연히 타카세가와 가문의 문양이었다.

“고마워.”

유즈루는 기쁜 듯 미소 지었다.

그리고는 유즈루 옆에 있던 나오키를 돌아봤다.

“그럼 유즈루 군. 아리사를…… 딸을 부탁하네.”

“예, 물론이에요.”

유즈루는 그렇게 대답하고는 아리사의 손을 붙잡았다.

“자, 타자.”

“예!”

아리사는 차에 탔다.

행선지는 성인식 행사장이었다.

차는 똑바로 성인식 행사장……으로 가지는 않고, 조금 떨어진 장소에 멈췄다.

“여기서부터는 걸어갈까.”

“그러네요.”

아리사는 유즈루의 에스코트를 받으며 5분 정도 걸어서 성인식 행사장으로 향했다.

이른 시간대인데도 성인식 행사장은 북적거렸다.

“으—음…… 조금, 떠 보일까?”

아리사 옆에서 유즈루는 조금 침울한 목소리로 말했다.

떠 보인다?

아리사는 무심코 고개를 갸웃거렸다.

“무슨 이야긴가요? 너무 멋있어서 떠 보인다든지?”

확실히 아리사의 약혼자는 누구보다도 멋있다.

파란 눈동자도 어우러져서 떠 보인다고 못 할 것도 아니지만, 그것은 항상 있는 일이다.

게다가 자랑스러워해야 할 일이지, 부끄럽다고 생각할 일도 아니었다.

"아니, 다들 양복이잖아? 나만 전통 복장은 말이지……."

"……? 아아."

유즈루의 말에 아리사는 잠깐 생각한 뒤, 간신히 납득이 갔다.

성인식 행사장의 남성은 다들 양복, 정장을 입고 있었다.

그중에서 기모노는 조금 떠 보일지도 모른다.

여성은 다들 전통 복장…… 후리소데이니까 정반대.

그러니까 아리사만 혼자 양복, 드레스를 입고 있는 모습을 상상하면 쉽게 이해할 수 있었다.

확실히 불편하게 느껴졌다.

"하지만 이상하게 눈에 띄는 사람보다는 낫지 않나요?"

아리사는 기발한 복장, 기발한 머리카락의 남성이나 여성에게 시선을 향하며 말했다.

본인은 멋있다, 인기 있겠다고 생각할지도 모르겠지만 솔직히 말해서 품위가 없는 모습이었다.

나쁜 의미로 눈에 띄었다.

반면에 유즈루는 일본의 전통적인 의상을 입고 있다.

좋은 의미로 눈에 띈다고 할 수 있을 것이다.

"하지만 여성이 기모노뿐이고, 남성은 정장이 많은 건 어째서일까요?"

"으—음, 성별의 차이나 문화적 차이일까. 어렵네."

유즈루와 그런 논의를 나누는데, 문득 아리사의 시야에 전통 복장의 남성이 들어왔다.

유즈루의 동료였다.

"유즈루 씨. 전통 복장인 사람, 있었어요. 역시나 전혀 드문 게 아니에요."

"동료가 있다니 든든하네. ……아니, 저거 소이치로잖아?"

"……어머, 정말이네요."

유즈루의 동료라고 생각했던 사람은 정말로 유즈루의 동료…… 친구인 사타케 소이치로였다.

자세히 보니 옆에는 화사한 파란색 후리소데를 입은 미인 여성도 있었다.

타치바나 아야카였다.

"어라? 유즈룽이랑 아리사! 여기야, 여기!!"

그들도 두 사람을 알아차렸나 보다.

아야카는 크게 손을 흔들며 이름을 불렀다.

조금 부끄러우니까 그만했으면 좋겠다.

두 사람은 그렇게 생각하며 종종걸음으로 그들에게 달려갔다.

"둘 다 오랜만이야! 잘 지냈어?"

몇 년 만에 재회했다.

마치 그런 태도로 아야카는 두 사람에게 인사를 했다.
아리사와 유즈루는 함께 쓴웃음 지었다.
"그래, 오랜만이야, 아야카. 열흘 만인가?"
"전 2주 만이네요."
유즈루는 열흘 정도 전, 신년 인사로 아야카와 만났다.
그리고 아리사는 2주 정도 전, 대학교 강의에서 아야카와 얼굴을 마주했다.
아야카도 소이치로도, 두 사람과 같은 대학교에 다니는 것이었다.
전혀 오랜만이고 뭐고, 아니었다.
"아, 유즈룽. 역시 전통 복장이구나. 잘됐네, 소이치로 군."
"역시나 일본인이라면 이 옷이잖아?!"
기모노를 입은 소이치로는 기쁜 듯, 동의를 청하듯이 유즈루에게 말했다.
아무래도 그들도 두 사람과 같은 이야기를 하고 있었나 보다.
"그렇지?"
유즈루와 소이치로가 서로 우정을 확인하는데, 아리사가 목소리를 높였다.
"저 사람…… 료젠지 씨 아닌가요?"
"어, 정말이다! 히지링—! 여기야, 여기!!"
아야카는 또다시 크게 목소리를 높였다.
아야카의 목소리에 청년은 놀란 듯 두리번두리번 주위

를 둘러봤다.

그리고 간신히 이쪽을 알아차리고는 총총히 달려왔다.

"목소리가 커."

입을 열자마자 부끄러운 듯 불평을 했다.

불평을 들은 아야카는 생글생글 미소를 지었다.

전혀 통하지 않았다.

"……너, 그 복장, 뭐야!"

"그래! 얕보는 거냐?!"

유즈루와 소이치로는 미간을 찌푸리고 저마다 히지리를 비난했다.

갑자기 비난을 당한 히지리는 놀란 듯 눈을 부릅뜨고 자기 복장을 확인했다.

"어? ……뭔가, 이상해?"

히지리의 복장은 전혀 이상하지 않았다.

평범하게 화사한 정장이었다.

"왜 전통 복장이 아니야!"

"그러고도 일본의 사나이냐?!"

"……복장 맞추자는 약속, 했던가?"

히지리가 곤혹스럽다는 기미로 묻자 유즈루와 소이치로는 함께 고개를 끄덕였다.

"하진 않았지만, 우리는 친구잖아?"

"그럼 말 안 해도 통할 텐데."

"나는 너네 남친이 아니라고."

히지리는 미간을 찌푸리고서 대답했다.

그리고 남자 셋이서 함께 대폭소했다.

그렇게 사이좋은 남자들의 모습을 앞에 두고, 아리사와 아야카는 얼굴을 마주 봤다.

“치하루랑 텐카도 있다면 좋을 텐데.”

“어쩔 수 없어요. ……교토니까요.”

치하루와 텐카의 본가는 교토에 있다.

그래서 교토에서 성인식에 참가하고 있었다.

만날 수 없는 것이 아쉽다.

그렇게 생각하는데 다섯의 휴대전화가 일제히 울렸다.

그들은 다들 휴대전화를 확인했다.

치하루의 메시지였다.

『이예—, 남친 군, 보고 있어?! 나기리 텐카는 지금, 내 품 안에 있다고요—!!』

그런 문장과 함께, 치하루와 텐카가 함께 찍은 사진이 왔다.

치하루는 잔뜩 신이 난 미소, 텐카는 조금 부끄럽다는 표정을 짓고 있었다.

둘 다 아름다운 후리소데를 입고 있었다.

“……여전한 모양이라 안심했어요.”

아리사는 웃으며 말했다.

※

성인식이 끝나고 그날 밤.

“어라? 유즈룽. 그러고 보니 아리사는?”

드레스를 입은 아야카는 유즈루에게 물었다.

장소는 어느 호텔에 있는 레스토랑.

동창회에 참가하려고 온 것이었다.

“아리사는 중학교, 다르잖아.”

동창회는 동창회이지만, 중학교 동창회였다.

유즈루와 같은 중학교에 다닌 것은 아야카와 소이치로, 둘뿐이었다.

“아…… 그러고 보니 그랬던가. ……그게 말이지? 고등학교부터 대학교까지 같이 다니다 보니.”

아야카는 와인을 한손에 들며 그렇게 말했다.

아무래도 이미 취기가 도는 모양이었다.

“그래서, 그러는 아리사 씨는 지금 뭐해?”

“아리사는 그쪽 중학교 동창회에 참가 중이야.”

소이치로의 물음에 유즈루는 대답했다.

그러자 아야카는 유즈루를 팔꿈치로 쿡 찔렀다.

“어라? 괜찮겠어? 아리사를 홀로 둬도. 아리사, 귀엽고 섹시하니까 남자가 내버려 두지 않겠지?”

“딱히 동창회 정도로 어떻게 될 게 아니잖아…….”

아리사 본인은 중학교 시절에는 그다지 애착이 없어 보였지만…….

평생에 한 번이니까, 가는 것에 긍정적이었다.

아리사가 긍정적이라면 유즈루도 말리지는 않았다.

"하지만 진지하게 말해서, 괜찮을까? 아리사 씨…… 술, 약하잖아."

"절대로 마시지 말라고 말했으니까."

소이치로의 물음에 유즈루는 대답했다.

유즈루의 걱정은 아리사가 술에 약하다는 점이었다.

분위기를 타서는 마셔버리고, 인사불성이 되어서…….

그렇게 생각하니 역시나 걱정은 걱정인 것이었다.

"흐—응. 혹시 네가 아까부터 오렌지주스랑 우롱차만 마시는 건 그거랑 관계가 있나?"

"있지. 교환 조건이 차로 마중을 가는 거였어."

아리사는 비교적 술을 좋아하니까 마시지 말아 달라고 했을 때에는 불만스러워 보였다.

그런 아리사가 유즈루에게 내놓은 조건이 "그럼 돌아갈 때는 차로 마중을 와줘요"였다.

요컨대 "제가 참아야 한다면, 유즈루 씨도 참아요"라는 의미라고, 유즈루는 인식했다.

"호오, 그렇구나. ……그러니까 오늘 온 차로 마중 간다는 거지?"

"그런데. ……왜?"

"아니, 아리사도 머리를 굴리는구나 싶어서."

아야카는 헤실헤실 웃으며 말했다.
유즈루와 소이치로는 서로 얼굴을 마주봤다.

※

유즈루가 아야카랑 소이치로와 그런 대화를 주고받을 무렵.
"유키시로 씨, 지금 어디서 뭐해?"
"지금은—— 대학교에서……."
"그렇구나, 우연이네! 사실은 나도 근처 대학교에서……."
"호오—."
아리사는 전 동급생 남성들에게 둘러싸여 있었다.
물론 둘러싸여 있다기보다는 자연스럽게 아리사 주변으로 남성들이 모여 들었다는 표현이 옳았다.
'옛날에는 이렇게나 껄렁껄렁한 이미지가 아니었는데…….'
아리사는 조금 전부터 연신 자신에게 말을 건네는 전 동급생의 이야기를 흘려들으며 그런 생각을 했다.
옛날에는 안경을 쓰고, 촌스러운 헤어스타일의 동급생이었는데…….
지금은 콘택트렌즈를 끼고 머리카락도 갈색으로 물들였다.
'사람은 변하는구나—. ……조금 재미있을지도.'
옛날에는 수수했던 여자가 화사하게, 촌스럽던 남자가

멋있어지는 경우도 있고……

반대로 반에서 중심인물이었던 사람이, 나쁜 의미로 평범한 사람 같이 변하기도 한다.

물론 인상이 바뀌지 않는 사람도 있지만.

그런 변화를 볼 수 있었다는 것만으로도 이 동창회에 오길 잘했다고 아리사는 생각했다.

다만 좋은 일만 있는 것은 아니었다.

'으—응, 언제 끝날까, 이 이야기.'

아리사는 눈앞의 청년이 건네는 이야기에 맞장구를 치며 내심 그런 생각을 했다.

이따금 시선이 아리사의 가슴으로 향했다.

살짝 노출이 많은 파티 드레스를 입고 있으니까 아리사도 그것은 딱히 신경 쓰지 않았다.

구애를 받는 일도 대학교에 진학한 뒤로 여러 번 있었기에 딱히 거슬리지도 않았다.

'하지만, 약혼반지를 못 알아차렸나? 아니면 알아차리고서 이러나?'

많은 남성은 금세 아리사의 왼손 약지에 있는 반지를 알아차리고, 포기하고 물러났다.

적어도 아리사가 다니는 대학교의 남성은 다들 그랬다.

"모처럼 만났으니까 연락처, 교환하지 않을래?"

"어—, 그게……."

"유키시로 씨, 오랜만이야."

아리사가 대답이 막힌 참에, 옆에서 목소리가 끼어들었다.

그쪽을 봤더니 한 남성이 서 있었다.

결코 용모가 뛰어나다고 할 수는 없었다.

하지만 깔끔하게 느껴지는 외모였다.

"있잖아, 지금은 내가……."

"약혼자랑은, 잘 되어가?"

아리사에게 작업을 걸던 남자를 무시하고, 남성은 아리사에게 그리 물었다.

마치 아리사의 약혼자를 아는 것 같은 질문이었다.

아니, 알고 있는 것이었다.

간신히 아리사의 머릿속에서 얼굴과 이름이 일치했다.

코바야시 쇼타였다.

유즈루와 아유미와 함께 쇼핑을 할 때, 한바탕 말썽이 있었던 것을 아리사는 떠올렸다.

경위는 잘 기억이 나지 않지만…….

"오랜만이에요. ……예, 그이와는 같은 대학교에 다니고 있어요. 졸업하면 결혼할 생각이에요."

아리사는 그러면서 약혼반지를 낀 손가락을 자기 얼굴 앞으로 들었다.

지금 대화와 행동으로, 아리사를 꼬드기던 남자는 간신히 자신이 작업을 걸던 여자에게 선약이 있다는 사실을 깨달았나 보다.

분하다는 듯 표정을 일그러뜨리고 그 자리에서 떠났다.

"저쪽에서 이야기 좀 하지 않을래?"

"예, 괜찮아요."

아리사는 쇼타의 제안에 따라 그 자리에서 이동했다.

지금 대화로 살짝 주목을 모아버렸기에, 마침 딱 좋았다.

"덕분에 살았어요. 고마워요."

아리사는 쇼타에게 감사를 건넸다.

쇼타는 분위기를 못 읽어서 아리사에게 말을 건넨 것이 아니었다.

오히려 분위기를 읽고서, 아리사를 도와주려고 일부러 끼어든 것이었다.

아리사가 곤란해하는 모습을 알아차린 것이었다.

"감사를 받을 정도의 일을 하진 않았어. 깨닫게 해줬을 뿐이야. 그걸 모르는 게 이상하지."

쇼타는 쓴웃음 지으며 말했다.

쇼타의 입장에서는 "그녀에게는 애인이 있다"라고 전했을 뿐이었다.

게다가 그것은 본래 왼손 약지를 보면 초등학생이라도 알 수 있는 일이었다.

"알아차리고서 도와주러 나선 건 당신이 처음이었어요."

다른 사람들은 알아차리고서도 멀찍이서 바라만 볼 뿐이었다.

작업 거는 남자가 무서워서, 혹은 분위기가 나빠지는 것이 무서워서, 대화에 끼어들지 않았다.

"어, 응, 뭐, 그러네……."

쇼타는 부끄러운 듯 뺨을 긁적였다.

실제로 아리사를 도와준 것은 단순히 친절한 마음 때문이 아니었다.

보고 있으니 부끄러워져서 그랬다.

약혼반지도 못 알아차리고 아리사에게 작업을 거는 우스운 남자와, 과거의 자신이 겹쳐 보인 것이었다.

그래서 도저히 보고 있을 수가 없었다.

물론 이것은 비밀이지만.

"그런데 코바야시 씨는, 지금은 뭘?"

"지금은 칸사이 쪽 대학교에서……."

지금은 어디에 살고 있는가.

무엇을 하고 있는가.

두 사람은 그런 근황을 서로 보고했다.

"그런데…… 정말로 약혼자하고는 잘 지내는 모양이네."

"예, 뭐. ……알겠어요?"

"그 사람 이야기를 할 때는 즐거워 보이니까."

쇼타의 지적에 아리사는 부끄러운 듯 입가를 가렸다.

그런 아리사의 모습에 쇼타는 아쉽다는 듯, 살짝 과장스럽게 한숨을 내쉬었다.

그리고 이마를 눌렀다.

"솔직히, 잘 안 되고 있기를 바랐는데 말이지."

"……무슨 뜻인가요?"

갑자기 자신의 불행을 바라는 그 말에 아리사는 곤혹스러워서 고개를 갸웃거렸다.

그런 아리사에게 쇼타는 말했다.

"널 좋아했으니까."

"……예?"

쇼타의 말에 아리사는 눈을 크게 떴다.

"……정말인가요?"

그런 일은 생각도 하지 않았다.

그런 표정인 아리사를 보고 쇼타는 복잡해 보이는 표정을 지었다.

"어, 응…… 그렇게나 놀랄 일인가?"

"상상도 안 했어요."

"그, 그래……."

"……미안해요."

"아, 아니…… 사과할 것 없어."

쇼타는 사과하는 아리사를 손으로 제지했다.

"옛날이야기니까."

밝은 표정으로 쇼타는 그렇게 말했다.

20시 즈음.

동창회는 끝이 났다.

약속 장소에서 아리사가 유즈루를 기다리는데…….

"여어, 유키시로 씨. 이다음에, 예정 있어?"
누군가 말을 걸었다.
그것은 한 시간 정도 전에 아리사에게 작업을 걸던 남자였다.
아직 질리지도 않았나 보다.
"돌아갈 거예요."
당신과 함께 어딘가 갈 생각은 없어요.
아리사는 넌지시 그렇게 말했다.
"예정은 없구나, 잘 됐어. 사실은 이제부터 2차를 갈 생각인데, 안 올래?"
상대가 '돌아가겠다=예정이 없다'라고 해석했기에 아리사는 무심코 미간을 찌푸렸다.
확실하게 말하지 않으면 이해를 못 하는가.
아니면 알고서 이러는 것인가.
"안 가요. 예정이 있으니까."
아리사가 그렇게 대답하자 남자는 불만스러운 표정을 지었다.
하지만 금세 미소를 지었다.
"그런가. 그럼 근처까지 바래다줄까? 밤길은 여성 혼자서는 위험하니까……."
"사양할게요."
당신과 함께 있는 게 더 위험하겠어요.
아리사는 내심 그렇게 생각하며 대답했다.

"자자, 사양 말고……."

그러면서 남자는 손을 뻗었다.

아리사는 불쾌한 듯 얼굴을 찌푸렸다.

"그러니까……!"

아리사는 거친 목소리로, 강한 말로 거절하려고 했다.

그때.

"아리사."

늠름한 목소리가 들렸다.

목소리가 들린 쪽을 봤더니 그곳에는 차 한 대가 서 있었다.

디자인은 조금 낡았지만 새 차와 마찬가지로 윤이 나는, 아름다운 차였다.

조금이라도 차를 잘 아는 사람이라면 가능한 한 이 차 옆에 주차하고 싶지는 않을, 그런 고급 자동차였다.

"마중 왔어."

"유즈루 씨!"

아리사는 환한 미소로, 차로 달려갔다.

달칵 잠금을 푸는 소리가 났다.

아리사는 문을 열고 차에 올라탔다.

"늦잖아요!!"

"아니, 도로가 혼잡해서……."

"변명하지 말아요."

"미안, 미안. ……사과로 뭔가, 할 수 있는 게 있을까?"

"그럼 키스해줘요."
"알았어. 돌아가면."
"지금은 안 해주나요?"
"운전 중에는 위험하잖아……."
그런 대화를 나누며 두 사람은 그곳에서 떠났다.
떡하니 입을 벌린 남자를 남기고.
"이것 참…… 대적할 수가 없네."
아리사를 도우려고 당장에라도 뛰쳐나가려던 쇼타는 쓴웃음 지으며 중얼거렸다.

※

성인식 이후로 며칠 뒤.
그날은 고등학교 동창회가 있었다.
소이치로와 아야카는 물론이고 히지리나 치하루, 텐카도 출석했다.
당연히 유즈루와 아리사도 참가했다.
고급 호텔에서 입식 형식의 동창회는 원만하게 진행되고…….
"유즈루 씨, 업어줘요. 못 걷겠어요."
"거짓말하지 마…… 엄청 멀쩡하게 걷고 있잖아."
"싫어싫어—."
아리사는 완전히 만취했다.

떼를 쓰는 아리사를 상대로 유즈루는 몹시 곤란했다.

아리사는 술에 약해서 잘 취하는데, 그렇게 취한 다음이 길었다.

만취한 주제에 계속 깨어 있다.

그러니까 귀찮다.

"2차, 어디 갈래?"

당연히 갈 거지?

그런 표정으로 말한 것은 아야카였다.

아야카는 술에 강했다.

동창회에서도 나름대로 마셨지만 아직 부족한 모양이었다.

"좋네요! 가요, 가요!!"

치하루는 소이치로의 어깨에 매달리며 외쳤다.

유즈루의 기억으로는 치하루는 그다지 안 마셨을 텐데, 이미 만취했다.

아리사와 비슷한 타입이었다.

"나는 안 마실 거지만, 갈 거라면 어울려줄게."

치하루를 부축하며 그렇게 말한 것은 소이치로였다.

소이치로는 마실 수는 있지만 많이 마시진 않는 타입이었다.

그렇게까지 좋아하지는 않나 보다.

동창회에서도 맥주를 한 잔, 남들과 맞춰주면서 마셨을

뿐이었다.

“나는 못 마시지만, 그래도 괜찮다면.”

그렇게 말한 것은 텐카였다.

텐카는 못 마시니까 안 마시는 타입이었다.

동창회에서도 알코올을 한 방울도 섭취하지 않았다.

“나도 더는 못 마시지만…… 밥은 아직 먹고 싶네.”

그렇게 말한 것은 히지리였다.

히지리는 마실 수 있지만 많이 마시진 않는 타입이었다.

동창회에서는 알코올 음료를 몇 잔 마신 정도인데, 이미 힘들다는 표정이었다.

술은 좋아하는 모양이니까 본인으로서는 답답하다고 느끼는 듯했다.

“갈래—! 저도 갈래요!!”

아리사는 한 손을 들어 자기 존재를 주장했다.

아리사의 경우에는 조금 전에 설명했다시피.

약한 주제에 잔뜩 마시는 타입이었다.

본인으로서는 아직 부족한가 보다.

“적당히 마시겠다고 약속할 수 있어?”

“할게요, 할게요!”

아리사는 끄덕끄덕 고개를 연신 끄덕였다.

주정뱅이가 하는 말 따위는 아무래도 신용할 수 없다…….

그렇게 말하고 싶은 참이지만, 그 부분은 유즈루가 지켜보면 될 이야기였다.

무엇보다도 모처럼의 동창회다.

모일 기회도 앞으로 점점 줄어들 것이라고 생각하니 여기서 해산해버리는 것은 아쉬웠다.

"우리도 갈게."

유즈루는 아야카에게 그렇게 말했다.

참고로 유즈루는 무척 강한 편이었다.

아야카와 같은 정도로 강하다 자부하고, 술도 좋아하는 편이었다.

다만 아리사를 보호해야만 하고, 무엇보다 아리사에게 적당히 마시라고 그런 입장이라 많이 마실 수는 없지만.

"소프트드링크도 잔뜩 있고, 요리가 맛있는 곳이라는 느낌일까? …… 이 가게라든지, 어때?"

아야카가 휴대전화 화면을 다른 이들에게 보여주며 물었다.

그럭저럭 평가가 높은 술집인 듯했다.

"난 괜찮아."

"저도—!"

유즈루가 대답하자 이어서 아리사는 화면도 보지 않고 기운 넘치는 목소리로 대답했다.

다른 사람들도 문제없다고 대답한 것을 확인하고 아야카는 걸어갔다.

목적지에는 10분 정도 만에 도착했다.

깔끔한 느낌의 화사한 가게였다.

"자, 아리사. 제대로 앉아."

"앉아 있어요."

"거긴 내 무릎이잖아? 의자는 여기."

"안 되나요?"

"안 돼."

그런 대화를 나누며 유즈루는 어떻게든 아리사를 자기 옆에 앉혔다.

아리사는 불만스러운 표정을 지었지만 금세 기분이 좋아진 얼굴로 유즈루에게 달라붙었다.

유즈루의 팔에 부드러운 가슴을 꾹 들이댔다.

"아리사. 남들 눈이 있으니까……."

"뭐, 어떤가요."

유즈루는 무심코 한숨을 내쉬었다.

그리고 히죽히죽 미소를 지으며 이쪽을 쳐다보는 다른 사람들을 가볍게 노려봤다.

"뭐야? 구경거리가 아니라고."

"아니—, 딱히? 여전히 러브러브하구나, 해서. 음료수, 뭐로 할래?"

아야카는 그러면서 메뉴판을 건넸다.

유즈루는 그것을 훑어보고는, 자기 팔에 뺨을 비비는 아리사에게 보여줬다.

"자, 아리사. 어떤 걸로 할래?"

"유즈루 씨가 추천하는 게 좋아요."

"그럼 일단 냉수를 두 잔."

"어어—!"

"어어—, 가 아니야. 너는 물을 좀 마셔야 해."

"하지만—."

"물 한 잔 마시면, 주문해도 되니까."

유즈루는 어떻게든 아리사를 설득하고 음료를 결정했다.

주문하고 잠시 후, 음료와 기본 안주가 테이블에 나왔다.

"자, 아리사. 마셔."

"응……."

유즈루가 냉수를 건네자 아리사는 그것을 단숨에 비웠다.

이러니저러니 해도 목이 말랐나 보다.

그리고 아리사는 유즈루에게 물었다.

"술, 주문해도 되나요?"

"괜찮아. 어떤 걸로 할래?"

"유즈루 씨가 추천하는 게 좋아요. ……술로."

"예예."

새로 요리가 나온 타이밍에, 유즈루는 가장 약해 보이는 술을 주문했다.

아리사는 조금 불만스러워 보였지만, 나온 술을 한 모금 마시고는 금세 기분이 좋아졌다.

달콤한 술이어서 다행이었을지도 모르겠다.

"아리사 씨, 여전히 귀엽네요. 가져가고 싶어요."

"내 거니까 안 돼."

생글생글 웃는 치하루를 상대로 유즈루는 아리사를 감싸듯이 끌어안았다.

그런 유즈루에게 아리사는 "전 유즈루 씨 거예요"라고 기쁜 듯 대답했다.

※

"그런데 아리사 씨, 장래에는 어떻게 할 거야?"

"후에?"

텐카의 물음에 아리사는 흐리멍덩한 목소리로 대답을 했다.

일곱 명 중에서 진로가 불확정인 것은 아리사뿐이었다.

텐카와 치하루, 유즈루와 아야카는 말할 필요도 없이 가문을 잇는다.

소이치로는 아야카의 데릴사위가 될 예정이니까 타치바나 가문 관련 기업에 취직한다.

히지리는 가문을 이을 입장이 아니지만…… 언젠가 독립하더라도 소이치로와 마찬가지로 처음에는 료젠지 가문 관련 기업에 취직한다.

그렇다면 아리사의 경우에는 어떤 진로를 생각할 수 있는가.

"유즈루 씨 아내예요."

텐카의 물음에 아리사는 새삼스럽게 무슨 이야기냐는

표정으로 대답했다.

그리고 응석을 부리듯이 유즈루의 가슴에 얼굴을 파묻었다.

"아—, 응. 그런 게 아니라…… 취직을 하는 걸까 싶어서. ……전업주부?"

텐카는 쓴웃음 지으며 물었다.

유즈루의 장래 수입을 생각하면 아리사가 일을 할 필요성은 낮다.

가사나 육아에 집중한다는 선택지는 충분히 가능했다.

오히려 타카세가와 가문의 친척 중에는 그것을 환영하는 사람도 적지 않을지도 모른다.

……여자는 집에 있어야 한다고 생각하는 보수적인 노인은 적지 않은 것이다.

"음—, 전업주부는, 생각하지 않아요."

취했음에도 불구하고 확실한 말이었다.

그만큼 굳은 의지라는 증거였다.

"제 돈, 필요하니까요."

"뭐, 그러네."

아리사의 말에 동의하듯 텐카는 끄덕였다.

부부가 번 돈은 부부 공동의 재산이다.

그러니까 유즈루가 번 돈은 아리사의 돈이기도 하지만…… 기분상으로는 스스로 번 돈이 더 마음 편하게 쓸 수 있다.

적어도 아리사는 그런 타입이었다.

"그럼 취직하겠네. 타카세가와 가문 관련 기업? 아니면 아버지 일을 돕는 건가?"

취직한다면 선택지는 사실상 둘.

타카세가와 가문 관련 기업에 취직하느냐.

아니면 아마기 가문의 회사에 취직하느냐.

둘 중 하나일 것이다.

다만 아마기 가문은 타카세가와 가문 산하로 들어가니까 넓은 의미에서 선택지는 하나가 된다.

"으—음…… 둘 중 하나라면, 아버지 회사일까 생각은 하는데요……."

"……다른 길도 생각하고 있어?"

아리사의 말에 텐카는 고개를 갸웃거렸다.

다른 민간 기업에 취직한다는 선택지는 말도 안 된다.

재계에서 타카세가와 가문의 영향력은 크다.

일이 귀찮게 돌아갈 것은 뻔히 보이니까, 딱히 업종에 구애되지 않는다면 타카세가와 가문과 인연이 있는 직장이 낫다.

다른 곳을 생각한다면 공무원, 혹은 아리사가 직접 사업…….

"지금 하는 공부가 즐거우니까…… 연구직으로 일하고 싶다, 생각하고 있어요."

"호오, 그렇구나. 조금 의외네."

아리사의 장래 설계에 텐카는 조금 놀란 기색을 드러

냈다.

하지만 금세 미소를 지었다.

"열심히 해."

"음…… 뭐, 아직 먼 이야기니까요……."

텐카의 말에 아리사는 자신 없는 듯 말끝을 흐렸다.

그리고 이번에는 자기가 물어볼 차례라고 그러듯이…… 텐카에게 물었다.

"료젠지 씨하고는 언제, 사귀는 건가요?!"

텐카와, 그리고 갑자기 자기 이름이 튀어나온 히지리는 입을 떡 벌렸다.

"무, 무, 무슨 소리야?! 가, 갑자기!!"

"여, 영문을 모르겠는데!!"

이후로 2차 자리는 엉망진창이 되었다.

※

그 후, 3차로 일행은 노래방에 가고…….

심야까지 노래하고 마신 다음에 해산했다.

"자, 아리사. 정신 좀 차려봐……."

"으—응, 졸려요……."

어이없다는 표정의 유즈루에게 살짝 쉰 목소리로 아리사는 대답했다.

술과 노래 탓에 목이 쉬어버린 것이었다.

발걸음이 불안한 것은 과음과, 단순히 새벽이니까 졸린 것이리라.

“에헤헤, 이렇게 집까지 바래다주는 건 오랜만이네요.”

“어—, 응. 그러네.”

아리사의 말에 유즈루는 쓴웃음 지었다.

평소에 두 사람은 대학교 근처 아파트에 살고 있지만, 지금은 겨울방학이니까 각자 본가로 귀성했다.

아리사를 그녀의 집까지 바래다주는 것도 고등학생 시절 이후로 처음이었다.

“텐카 씨라든지, 치하루 씨도…… 별로 안 변한 것 같아서 다행이에요.”

“으—음, 뭐, 그건 좋은 것도 같고 아닌 것도 같고…….”

유즈루는 틈만 나면 아리사랑 텐카에게 성희롱을 하던 치하루를 떠올리며 고개를 갸웃거렸다.

변함이 없다기보다는 성장하지 않았다는 것이 정답으로 느껴졌다.

“그런데 아리사.”

“으음…… 뭔가요?”

“연구직이라고 그랬는데…… 대학교 교수라든지, 목표로 하는 거야?”

유즈루는 아리사에게 물었다.

실제로 아리사가 텐카에게 이야기한 내용은 유즈루도 처음 듣는 것이었다.

틀림없이 타카세가와 가문 관련 기업에서 일할 것이라 생각했다.

"그러네요…… 그러면, 안 될까요?"

"아니, 전혀. 하지만…… 그렇게나 좋아하는 걸까 싶어서, 공부."

확실히 아리사의 성적은 무척 좋은 편이었다.

레포트 등도 높은 평가를 받고 있는 듯했다.

그렇지만 학문의 길을 걸을 정도로 좋아하는 것처럼 보이지도 않았다.

"좋아해요."

"……그렇구나."

처음 알았다.

그런 복잡한 표정인 유즈루에게 아리사는 미소를 지었다.

"하지만 굳이 따지자면…… 스스로 뭔가를 발견하고 싶다, 그런 느낌이에요."

"……그렇다면?"

"자기 힘으로, 자기가 자신 있는 곳에서, 성과를 내고 싶다…… 그런 느낌이에요."

"그런 건가."

아리사의 말에 유즈루는 그렇겠다며 수긍했다.

유즈루의 연줄로 취직하는 것은 간단하지만, 아리사로서는 스스로의 힘으로 무언가를 이루어내고 싶다는 것이었다.

그리고 지금 가장 좋아하고, 흥미가 있고, 잘하는 분야를 끝까지 가보고 싶다.

그런 동기였다.

"너무 가벼운가요?"

"다들 그런 거 아닐까."

잘 하니까. 재밌어 보이니까. 어쩐지 좋다. 부모님이 그랬으니까.

많은 사람들이 직업을 얻는 이유는, 대부분은 그 정도의 일이다.

특별한 에피소드나 생각이 있는 사람이 더 드물다.

"응원할게."

"고마워요."

아리사는 기쁜 듯 미소 지었다.

성인식 이후로 1년 하고 3개월.

유즈루와 아리사는 대학교 4학년이 되었다.

그날, 두 사람은 대학교 근처의 패밀리 레스토랑에서 공부를 하고 있었다.

"후우……."

유즈루는 작게 한숨을 내쉬고 크게 기지개를 켰다.

그런 유즈루를 보고 아리사도 펜을 멈췄다.

"좀 쉴까요?"

"그러네. ……뭔가 마실 거라도 가져올까 싶은데, 필요해?"

"그럼 아이스티로 부탁해요."

유즈루는 기분 전환도 겸하여 일어나서는 드링크바에서 자신이 마실 아이스커피와, 아리사를 위해서 아이스티를 탔다.

자리로 돌아왔더니 아리사는 메뉴판을 보고 있었다.

"뭔가 주문하게?"

"예. 배가 좀 고파서…… 가벼운 걸로. 유즈루 씨는 뭔가 먹고 싶은 건 있나요? 저는 감자튀김을 주문할까, 싶은데요."

"딱히 없으려나. ……아리사가 주문하는 감자튀김, 좀 먹게 해줘."

"알겠어요."

아리사는 터치패널을 조작해서 감자튀김을 주문했다.

그리고는 아이스티를 입에 머금고 가볍게 미소 지었다.

유즈루는 그런 아리사에게 물었다.

"공부, 어떤 느낌이야?"

"분위기는 괜찮다고 생각해요. 예년과 같다면 문제없이 통과할 수 있지 않을까요. ……유즈루 씨는?"

"나도 옛날 문제 그대로라면 괜찮지 않을까……. 문제는 구술시험일까?"

"그건 어떻게든 상황에 맞출 수밖에 없겠네요……."

대학교 졸업 후, 유즈루와 아리사는 대학원 진학을 목표로 하고 있었다.

아리사는 자신의 장래를 위해서.

유즈루는 딱히 학문에 흥미는 없지만…… 아버지가 "석사 학위가 있는 편이 평가가 높다"라고 그랬으니까.

각자 공부 중이었다.

참고로 순조롭게 합격한다면 미국의 대학원에 진학하게 된다.

"그런데 아리사. 결혼식에 대해서 말인데."

"예."

유즈루의 말에 아리사는 자세를 바로잡았다.

결혼은 대학교를 졸업할 무렵에 하자고, 전부터 정해두었다.

이제 곧 다가온다.

"성급한 느낌은 있지만, 내가 대학원을 수료한 다음부터 취직할 때까지라든지, 어떨까?"

"괜찮다고 생각해요."

유즈루의 물음에 아리사는 수긍했다.

결혼식에는 이런저런 준비가 필요하다.

취직한 다음에는 시간을 낼 수가 없는 경우도 있을 것이다.

정신적으로 그럴 겨를이 없을지도 모른다.

그것을 감안하면, 석사 과정을 마친 다음부터 취직할 때까지, 그 사이가 가장 시간적 · 정신적인 여유가 있다.

……대학을 졸업한 해의 봄방학이라도 여유는 있을지도 모르겠지만, 신랑의 취직이 정해지지 않은 상황은 그다지 좋지 않다.

"신혼여행도…… 말인가요?"

"그러네. 취직한 다음이라면 시간도 쉽게 못 낼 테니까."

아리사의 물음에 유즈루는 끄덕였다.

결혼식만이라면 모를까, 신혼여행을 생각하면 역시나 시간에는 여유가 있는 편이 낫다.

"입적은 어떻게 할까요? 먼저? 나중에?"

"그건 언제 하든 상관은 없지만…… 뭐, 너무 간격이 멀어지면 좋지 않으려나?"

결혼식은 신부 · 신랑을 선보이는 날이라는 의미도 있다.

타카세가와 가문의 관계자들에게 차기 후계자가 제대로 결혼했다는 것, 다음 대에도 평안하다는 사실을 보여주는 것이다.

그러니까 입적과 결혼식은 최대한 같은 시기가 바람직하다.

결혼식을 올렸는데도 언제까지고 입적하지 않으면 쓸데없이 떠들어댈 가능성이 있다.

"그렇다면 입적을 먼저 하죠. ……특별히 이유는 없지만 기분상."

"알았어. 그렇게 하자."

유즈루로서도…… 그렇다기보다는 '타카세가와 가문'으로서도, 입적부터 하는 편이 낫다.

그러는 편이 초대 손님은 안심이다.

유즈루로서는 아리사와 함께 있을 수만 있다면 그것으로 충분하니까, 법적 지위에 집착은 없지만…….

"결혼식 말인데요…… 으음, 타카세가와 가문은 전통적으로 프로테스탄트 방식이었던가요?"

"뭐, 그러네. 전통이라기보다는 인연의 문제지만."

"인연, 이라고요?"

"결혼식이나 장례식 방식을 맞추어서 결속력을 높인다…… 같은 느낌?"

유즈루는 쓴웃음 지으며 말했다.

타카세가와 가문과 친족, 그리고 파벌의 사람들은 프로테스탄트 신앙을 가진 사람이 많다.

신심이 깊은 사람도 있고 성서를 제대로 읽은 적도 없을 법한 사람도 있지만…… 내세우고 있는 간판은 같다.

같은 경험이나 생각을 공유하는 것으로, 금전이나 혈연 이외의 인연을 만들고 있다.

그것이 사라진다고 해서 금세 와해될 일은 없겠지만, 동요는 퍼질……지도 모른다.

그럴지도 모른다면, 하지 않는 편이 낫다.

하지 않았으면 좋겠다.

아버지와 할아버지는 유즈루에게 넌지시 못을 박았다.

"사실은 둘이 논의해서 정해야 한다고는 생각하지만……."

"괜찮아요. 결혼식이라면 웨딩드레스라고 생각했으니까요."

미안하다는 표정을 짓는 유즈루를 상대로, 아리사는 미소를 지으며 말했다.

아리사에게 결혼식이라면 순백의 웨딩드레스였다.

전통이나 인연 등등, 속박이 많아 보이는 것은 조금 답답하게 느끼지만…….

격식 있는 결혼식이라는 것도 정취가 있어서 멋지다.

그건 그것대로 추억에 남는 결혼식이 될 것이다.

"게다가 두 번째도 올리면 되잖아요?"

유즈루의 부모님은 결혼식을 세 번 올렸다는 이야기를 아리사는 기억하고 있었다.

자신도 여러 번 올려도 된다.

두 번째 이후라면 자유롭게 해도 된다.

보통은 비용 문제도 있어서 여러 번 올리지는 않는다.

하지만 자신은 할 수 있는 것이다.

더할 나위 없다.

불만 따위를 가질 이유가 없었다.

"물론이야. ……두 번째, 하고 싶어?"

"으―음, 아직 모르겠어요. 첫 번째로 만족할 수 있을지도 모르니까요……."

첫 번째 결혼식은 타카세가와 가문이 주도하니까 아리사의 의견을 반영하기는 힘들다.

하지만 그렇다고 해서 싫은 결혼식이 될 것이라 단정할 수는 없다.

의외로 그것으로 만족할 수 있다면 굳이 두 번이나 올리고 싶다는 생각은 없을 것이다.

"두 번째로 올리는 걸 고집할 것 없어. 아리사가 하고 싶은 결혼식을 말해봐."

"으―음, 그러네요."

유즈루의 말에 아리사는 생각에 잠기는 모습을 드러냈다.

그리고는 조심스럽게 대답했다.

"개인적으로는…… 역시, 두 사람의 결혼식이니까, 그

게, 인사를 도는 것만으로도 피곤해진다든지 그래서는 결혼식 자체를 즐길 수 없을 것 같다고 생각해요. 유즈루 씨와 친구들과…… 즐거운 시간을 보내고 싶어요."

"그런가……. 그러네."

아리사의 진심에 유즈루는 조금 미안하다는 기분을 느꼈다.

아리사의 희망은 첫 번째로는 이룰 수 없을지도 모른다.

타카세가와 가문의 체면을 걸고서 성대한 결혼식을 열게 될 테니까.

"결혼식 자체는 몇 번이나 올리고 싶다는 생각은 없어요. 다만 피로연……이라고 할까, 파티는 즐거운 추억을 만들 수 있다면 좋겠다고 생각해요."

"알았어. 기억해둘게."

'즐거운 추억'으로 만들자면, 역시나 '모르는 아저씨들'은 없는 편이 낫다.

가족이나 친한 친구만을 불러서 파티를 하는 모양새가 될 것이다.

친한 친구—— 평소의 멤버들도 사정이 있을 테니까 그들에게도 미리 이야기를 해야만 한다.

유즈루가 그런 생각을 하고 있는데…….

"그런데 유즈루 씨는 희망하는 결혼식, 있나요?"

아리사가 그렇게 물었다.

유즈루는 무심코 고개를 갸웃거렸다.

"내 희망?"

"두 사람의 결혼식이니까요. 유즈루 씨의 희망도 중요하잖아요?"

"그렇구나. 그도 그러네."

솔직히 유즈루는 아리사와는 달리, '결혼식' 자체에 고집은 없었다.

애당초 올리고 싶다는 기분은 희박했다.

작은, 결혼 기념이 될 법한 무언가가 있다면 뭐든 좋다고 생각했다.

기념 촬영만으로도 충분하다는 것이 본심이었다.

하지만 이것을 솔직히 털어놓는 것은 꺼려졌다.

무언가 흥미가 없는 것처럼 받아들여지고 만다.

"으—음, 어렵네. 아리사의 웨딩드레스를 보고 싶고, 가까운 사람들끼리 편한 결혼식을 하고 싶다는 기분은 있는데."

"저랑 같잖아요. 그것 말고 말이에요. ……없나요?"

"없지는 않은데……."

굳이 말하자면 다양한 웨딩드레스를 보고 싶다.

웨딩드레스에는 A 라인, 프린세스 라인, 머메이드 라인 같이 다양한 종류가 있다.

그러니까 그에 따른 아리사의 신부 모습도 다양한 종류가 있다.

신랑으로서, 한 사람의 남자로서, 절세의 미소녀의 다양한 모습을 뇌리에 새기고 싶다.

그렇지만 이것은 '아리사에게 어떤 웨딩드레스를 입히고 싶은가'이지, '어떤 결혼식이 좋은가'가 아니다.

아리사가 원하는 대답으로서는 살짝 핀트가 어긋날 것이다.

거기까지 생각한 참에 유즈루는 문득 떠올랐다.

"네 전통 혼례 복장도 보고 싶어."

"전통 혼례 복장, 이요?"

"그래. ……아예 전통식 혼례라든지. 어때?"

유즈루의 제안에 아리사는 크게 끄덕였다.

"괜찮아요. 저도 흥미 있어요. 해보고 싶어요. ……하지만 몇 번이나 사람을 부르는 건 좀, 좋지 않겠죠."

아리사는 쓴웃음 지으며 말했다.

두 번째까지라면 "답답한 결혼식이 아니라 즐겁고 밝은 결혼식을 올리고 싶다"라는 마음을 이해해줄 것이다.

그러나 세 번째라면 아무리 그래도 "적당히 좀 해라"라고 여길 것이다.

다들 한가하지 않은 것이다.

……게다가 조금 부끄럽다.

"으―음, 뭐, 다른 사람은 안 불러도 되지 않을까? 나는 너의 그런 모습을 보고 싶을 뿐이니까. 예식만 체험하고, 오고 싶다는 사람만 부르고…… 사진만 찍어도 돼."

유즈루로서는 기념 촬영만으로 충분했다.

예식에는 흥미가 없지도 않지만, 그런 심정은 강하지 않았다.

"그러네요. 둘이서만 조용히 올리는 것도 추억이 될 것 같으니까, 그런 것도 괜찮겠어요…… 아!"

아리사는 무언가를 떠올렸는지 대화 도중에 목소리를 높이더니 손뼉을 짝 쳤다.

"왜 그래?"

"신사라면 치하루 씨가 있잖아요. 치하루 씨 본가에서…… 아, 하지만 타카세가와 가문과 우에니시 가문은 사이가 안 좋던가요? 어렵겠네요……."

이상한 소리를 해서 미안해요.

아리사는 그렇게 어깨를 떨어뜨렸다.

하지만 유즈루는 크게 고개를 가로저었다.

"아니, 그런 건 아니야. 둘이서만 올리는 것뿐이라면 전혀 문제는 없을 거야."

"그런가요?"

"친구 사이라는 핑계가 있으니까."

이것이 '타카세가와 가문'으로서 '우에니시 가문'에 협력을 받는 형태라면 문제가 되겠지만, '유즈루와 아리사'라는 개인으로서 '치하루'에게 부탁한다면 전혀 문제가 되지 않는다.

"하지만 다들, 달가워하진 않겠죠?"

"아니, 양가의 우호를 잇는 일이니까 오히려 환영할 거야. ……표면상으로는 달가워하지 않는 척은 할지도 모르겠지만.”

타카세가와 가문와 우에니시 가문은 사이가 나쁘다.

하지만 사실은 화해를 하고 싶은 것이다.

“우리 대에는 사이가 좋다는 어필도 될 테니까 좋은 생각 아닐까. 좋은 전례도 되겠네. 물론 시끄럽게 구는 노인은 있을지도 모르겠지만…… 장래에는 친하게 지내는 편이 좋다는 건 자명해. 전통을 바꾸는 것도 앞으로의 발전에는 중요해. 대국을 보지 못하는 녀석이 하는 말 따윈 무시하고…….”

유즈루는 거기까지 말하려다가 황급히 자기 입을 막았다.

그리고 표정을 일그러뜨렸다.

그런 유즈루의 태도에 아리사는 고개를 갸웃거렸다.

“왜 그래요?”

“아니…… 미안해. 두 사람의 결혼식인데 가문이 어쩌고 그래버려서…….”

첫 번째는 몰라도 두 번째와 세 번째는 집안 사정을 따지지 않아도 될 터.

아리사도 ‘유즈루’의 희망을 물어본 것이지, ‘타카세가와 가문 차기 당주’의 희망을 물어본 것이 아니었다.

그럼에도 불구하고 유즈루는 ‘타카세가와 가문 차기 당주’로서의 시점을 끌어들이고 말았다.

이것은 아리사에 대한 실례다.

"아, 그런 이야기인가요. 가문의 일도 중요하다고 생각하니까, 그걸 신경 쓰는 건 문제없다고 생각해요."

"하지만……."

"우리, 부부가 되는 거예요. 애인이 아니라 부부예요. 가족이 되는 거예요. 장래의…… 그게, 아이들의 관계를 고려하는 것도 당연하다고 생각해요."

"……그렇게 말해줘서 정말 고마워."

"……말해두겠는데, 가장 우선은 저니까요? 저를 가장 소중하게 대해줘요."

부끄러운 듯, 꾸물꾸물하며 그렇게 말하는 아리사에게 유즈루는 미소를 지었다.

"물론이야. 굳이 말할 필요도 없는 일이야."

그런 대화를 나누고는, 두 사람은 웃었다.

"그건 그렇고, 우에니시의…… 치하루의 사정도 있을 테니까. 전통식 혼례에 대해서는 일단 보류하는 걸로."

"그러네요. 그렇게 하죠. 지금은…… 공부에 집중할까요."

"아하하, 그러네."

휴식치고는 너무 길게 대화에 빠져버렸다.

반성한 두 사람은 공부를 재개했다.

※

유즈루와 아리사는 무사히 미국의 대학원에 진학했다.

익숙하지 않은 이국의 땅, 다른 언어와 문화에 당황한 적도 있었지만…… 둘 다 금세 익숙해졌다.

시간은 순식간에 지나가고, 수료까지 반년 정도.

두 사람은 석사 논문에 매달리고 있었다.

"아리사는 지금, 어떤 느낌이야?"

장소는 대학교 근처 아파트.

책을 읽고 있는 아리사에게 유즈루는 그리 물었다.

"전혀, 진행이 안 돼요……. 일단 대학교에 있는 문헌은 한바탕 훑어봤지만요. 부족하니까 다른 대학교에도 조회를 걸어볼 생각이에요."

"그, 그렇구나……."

아리사의 말에 유즈루는 심장이 두근두근하는 것을 느꼈다.

사랑의 두근거림이 아니었다.

어쩌면 내 진척 상황, 너무 늦는 게……라는 초조함이 담긴 두근두근이었다.

"유즈루 씨는?"

"으, 으—음, 뭐, 일단 사용할 문헌의 목표는 세워졌을까……?"

사실 유즈루는 아직 조사도 제대로 끝나지 않았다.

지금은 문헌을 한창 찾고 있는 중.

문헌을 읽는 것은 지금부터다.

"제가 할 말은 아니겠지만…… 제대로 수료해 달라고요?"

"아, 알고 있어."

아리사의 충고에 유즈루는 몇 번이고 고개를 끄덕였다.

그런 유즈루의 모습에 불안을 느낀 아리사는 계속해서 물었다.

"석사 논문도 그렇지만, 학점도 괜찮은 거죠? 아직 전부 받진 않았잖아요?"

아리사는 석사 논문 등등, 2학년이 되어야지만 받을 수 있는 학점 말고는 전부 다 받았다.

하지만 유즈루는 아직 필요한 학점이 남아 있었다.

물론 수는 적지만…….

"이번 학기에 전부 받을 예정이니까, 그건 안심해."

"그런가요? ……필수 학점, 깜박했다든지 그러면 안 된다고요?"

"그렇게까지 멍청이는 아니야. ……그러는 아리사야말로, 등록을 깜박한 적이 있었잖아. 괜찮아?"

"불안하게 만들지 말아요. ……이미 열 번이나 확인했어요."

그러면서도 아리사는 휴대전화를 꺼냈다.

아무래도 또 불안해져 버렸나 보다.

자기 계정으로 대학교 공식 페이지에 접속, 학점을 확인했다.

"……괜찮아요. 자, 이거 봐요. 괜찮죠?"

"어라? 아리사, 이 학점……."

"어, 뭔가, 이상한가요?"

유즈루의 중얼거리는 듯한 목소리에 아리사는 파랗게 질렸다.

그런 아리사에게 유즈루는 진지한 표정으로 대답했다.

"농담이야…… 아얏!"

찰싹!

아리사는 유즈루의 머리를 힘껏 때렸다.

"놀리지 말아요."

그러면서 입술을 삐죽이고 고개를 홱 돌렸다.

"미안, 미안."

"……미안하다고 넘어간다면 경찰은 필요 없어요."

"뭐든 할 테니까."

"……뭐든, 말인가요?"

"응, 뭐든."

"그럼, 오늘밤……."

아리사는 희미하게 뺨을 붉히고, 유즈루가 해줬으면 하는 일을 속삭이려고 했다.

하지만 그 전에 유즈루의 휴대전화가 진동했다.

전화였다.

"어—, 미안해. ……잠깐 다녀올게."

"아, 예."

아리사에게 한마디 해두고, 유즈루는 그 자리를 떠났다.

모처럼 만든 분위기에 찬물이 쏟아진 모양새가 된 아리

사는 답답한 기분을 느끼면서도 유즈루를 기다렸다.

유즈루는 15분 정도 만에 돌아왔다.

"길었네요. 누구 전화인가요?"

"아야카 전화야. ……석사 논문, 어떻게 되고 있느냐고."

아야카도 대학교를 졸업한 뒤, 대학원에 다니고 있었다.

다만 그녀는 미국이 아니라 영국이지만…….

입학, 수료 기간은 거의 같으니까 수료 스케줄도 그리 다르지는 않을 터.

"호오…… 아야카 씨는 어떤 느낌인가요?"

"아직 뭘 쓸지, 전혀 안 정했대."

"역시나 거물이네요……."

"무계획일 뿐이야."

유즈루는 작게 어깨를 으쓱였다.

무 '계획'.

그 단어를 들은 순간, 아리사는 중요한 사실을 떠올렸다.

"그러고 보니 유즈루 씨. 결혼식, 어떻게 되고 있나요?"

"어? 겨, 결혼식?!"

아리사의 말에 유즈루는 몸을 움찔 떨었다.

유즈루의 태도에 아리사는 살짝 걸리는 것을 느꼈다.

"준비는 순조롭게 진행되고 있는데……."

이미 예식장은 예약을 마쳤고 날짜도 정해졌다.

지금은 초대 손님 리스트를 작성 중이었다.

다만 이쪽은 주로 유즈루의 할아버지나 아버지가 주도

하고 있으니까, 지금은 유즈루가 할 일은 딱히 없었다.

석사 논문에 집중해라.

신랑이 유급을 당한다는 큰 창피는 제발 당하지 말아라.

그런 고마운 이야기를 들었다.

참고로 취직처는 정해졌다.

미국의 유명 기업이다.

대학원을 수료한 뒤, 입사할 예정이었다.

타카세가와 산하의 기업이 아니냐고 생각할지도 모르겠지만, 처음부터 연줄로 입사한다면 모양새가 좋지 않다.

유즈루의 성장으로 이어지지도 않는다.

부모님과 할아버지는 몇 년 수행하고 오라며 말했다.

그리고 아리사도 이대로 미국의 대학교에서 박사 과정을 밟을 예정이었다.

"치하루 씨한테 좋은 답변은 받을 수 있었을까 해서요."

"아, 그쪽 말이지……. 응, 가문으로서가 아니라 개인으로서 원한다면 문제가 없다고 해."

치하루는 일본에서 대학원에 진학했다.

석사 과정에서 공부를 하며, 이미 본가의 신사 쪽을 돕기도 한다.

유즈루도 아리사도 최근에는 거의 얼굴을 마주할 수가 없었다.

다만 여름방학 등등 일본으로 돌아갔을 때에는 만나고, 메시지로 대화는 빈번하게 나누고 있었다.

"……그쪽? 뭔가, 있나요?"
"어, 아, 아니, 딱히?"
"최근에 유즈루 씨, 뭔가 몰래 꾸미고 있지 않나요?"
아리사는 그러면서 고개를 갸웃거렸다.
아리사의 물음에 유즈루는 노골적으로 시선을 피했다.
"……뭐, 추궁하진 않겠지만요. 제대로 석사 과정은 수료해줘요. 결혼식에서 신랑이 유급, 취직도 백지가 되었다……는 건 너무 부끄러우니까요."
"물론이야."
자기 아버지나 할아버지와 같은 말을 하는 아리사에게 유즈루는 얌전한 표정으로 끄덕였다.

※

아리사는 순조롭게.
유즈루는 아슬아슬했지만, 무사히 석사 논문을 제출할 수 있었다.
내용도 문제없이 수리되어…… 두 사람은 석사 과정을 수료했다.
이제부터 유즈루의 입사와 아리사의 진급까지는 약 두 달 정도 시간이 있다.
두 사람에게는 인생에서 마지막일지도 모르는 장기 휴가다.

결혼식을 올리기 위해, 신혼여행을 위해.

두 사람은 일본으로 귀국했다.

"다녀왔어."

"어서 와."

유즈루가 본가로 돌아오자 가장 먼저 어머니 사요리가 맞이해주었다.

사요리는 기쁜 듯 미소 짓고 있었다.

반년 전에 한 번 귀국했으니까 몇 년 만에 본다고 할 정도는 아니지만, 오랜만에 아들과 재회해서 기쁜 모양이었다.

"어라? 할머니랑 아유미는?"

평소라면 마중을 나올 할머니와 동생이 없다는 사실에 유즈루는 의문을 품었다.

아유미도 이미 대학생이라 평소에는 본가에 없지만, 그러나 지금 시기라면 여름방학이라서 돌아왔을 터다.

할머니 역시도 평소에는 집에 있을 터.

그런 유즈루의 의문에 사요리가 대답했다.

"할머니는 병원. 아유미는 같이 갔어."

"병원…… 어? 어디 아프셔?!"

"허리를 삐끗하셨어. ……생명에 지장이 있는 병 같은 건 아냐."

"뭐야……."

사요리의 말에 유즈루는 안도하며 가슴을 쓸어내렸다.

다행히도 유즈루의 조부모는 건재해서 아직 몸은 건강

하고 머리도 또렷했다.

하지만 남은 수명도 길지 않다는 것은 틀림없었다.

평소에는 만날 수 없기도 해서, 돌아올 때는 살짝 긴장하게 되는 것이었다.

"아버지는…… 일인가. 할아버지는 있어?"

"별채 쪽에 계셔."

일단 유즈루는 할아버지에게 인사를 하고자, 복도를 건너서 별채로 향했다.

할아버지가 있을 법한 장소를 짚어서, 한쪽 끝에서부터 방 문을 열었다.

"아, 할아버지."

"음, 유즈루냐."

네 번째 방 문을 열었을 때.

유즈루는 간신히 할아버지를 발견할 수 있었다.

유즈루의 할아버지, 타카세가와 선대 당주, 타카세가와 소겐은 탱크톱에 반바지라는 무척 편안한 복장이었다.

귀에 이어폰을 끼고서 무언가 음악을 들으며 러닝머신 위를 달리고 있었다.

"몸은 좀 어때?"라고 물어볼 필요도 없이 기운 넘치는 모습에 유즈루는 살짝 안심했다.

"다녀왔어. 지금 돌아왔어. ……지금 바빠?"

"음, 어서 와라. ……1킬로미터 남았다. 기다려다오."

"어, 괜찮아, 서두를 거 없어. 천천히 해. 나도 옷 갈아입고 올 테니까.”

“음, 알았다.”

유즈루는 소겐에게 인사를 마치고는 본채로 돌아와서, 오랜만에 전통 복장을 입었다.

가사도우미가 내어준 차를 마시는데 어쩐지 현관이 소란스러워졌다.

할머니와 동생의 목소리가 들렸다.

병원에서 돌아온 것이었다.

“"다녀왔어."”

“그래, 어서 와.”

유즈루는 병원에서 돌아온 할머니와 동생을 맞이했다.

두 사람은 유즈루의 모습을 보고는 눈을 크게 떴다.

“아, 오빠!”

“유즈루!”

반년 만에 만난 동생, 타카세가와 아유미는 이전과 외모가 무척 달라져 있었다.

구체적으로는 머리카락이 핑크색이 되어 있었다.

참고로 반년 전에는 하늘색이었다.

대학교 생활을 구가하고 있나 보다.

그런 아유미의 부축을 받고 있는 것은 유즈루의 할머니, 타카세가와 치와코였다.

허리를 삐끗했다고는 했지만 안색은 좋아 보였다.

심각하게 건강이 상한 것도 아닌 듯했다.

"어서 오렴."

"어서 와. 언제 돌아왔어?"

"조금 전에."

유즈루는 그렇게 설명하며 아유미가 한 손에 들고 있던 짐을 받아들었다.

치와코는 아유미의 손을 빌려서 신발을 벗고 집으로 올라왔다.

그런 치와코에게 유즈루는 물었다.

"허리, 괜찮아?"

"아프지만…… 새삼스러운 일도 아니니까."

치와코가 허리를 삐끗한 것은 이번이 처음도 아니었다.

걱정하지 말라고, 치와코는 넌지시 그렇게 말했다.

"들어봐, 오빠. 할머니, 이런 나이인데도 벤치프레스를 하려고 했다니까? 무슨 말이라도 좀 해줘."

"벤치프레스라니……."

아유미의 말에 유즈루는 무심코 쓴웃음 지었다.

뇌리에는 조금 전, 러닝머신에서 달리던 소겐의 모습이 떠올랐다.

아무래도 타카세가와 노부부 사이에는 헬스 트레이닝이 유행하나 보다.

"건강에 신경을 쓰는 건 좋은데, 무리하진 말고……."

"알고 있어. 증손주를 볼 때까지는 못 죽으니까 말이야."

치와코의 말에 유즈루와 아유미는 나란히 시선을 피했다.

※

그리고 세 시간 뒤.

유즈루의 아버지, 타카세가와 카즈야가 직장에서 귀가하는 것에 맞추어 저녁 식사가 차려졌다.

오랜만에 가족 모두가 모인 식사였다.

"아리사 양과는 잘 지내고 있느냐?"

"물론이지."

카즈야의 물음에 유즈루는 크게 끄덕였다.

이제 곧 결혼식을 맞이하는 것이다.

잘 지내고 있지 못한다면 곤란하다.

"하지만 있잖니, 유즈루. 여자는 결혼 전에는 조금 불안해지기도 하니까. 제대로 지탱해줘야 해."

"알고 있어."

사요리의 말에 유즈루는 강한 말투로 대답했다.

사요리는 최근, 유즈루가 돌아올 때마다 잔소리를 하게 되었다.

나이 탓일까? 유즈루는 내심 실례되는 생각을 했다.

"그건 그렇고 유즈루가 곧 결혼하는구나…… 옛날에는 그렇게나 자그마했는데 말이야."

치와코는 과거를 그리워하듯 말했다.

소겐은 그런 치와코의 말에 동의하듯 크게 끄덕였다.

그리고는 아유미에게 흘끗 시선을 향했다.

"그 머리카락…… 말 안 해도 알 거라 생각한다만……."

"예예, 검게 염색할게요. 나도 있지, 오빠 결혼식에 신부보다도 눈에 띄는 머리카락으로 갈 정도로 상식이 없지는 않으니까."

아유미는 핑크색으로 물들인 머리카락을 만지작거리며 흥, 작게 코웃음을 쳤다.

틀림없이 평소부터 머리카락이 너무 화려하다며 잔소리를 듣고 있을 것이다.

"후훗……."

"오빠, 뭐가 우스워?"

"아니, 딱히."

아유미가 노려보자 유즈루는 작게 어깨를 으쓱였다.

이 가족의 원 안에 아리사가 추가된다.

그렇게 생각하자 유즈루는 무척 기뻐졌다.

※

결혼식 전날.

유즈루는 아리사의 본가를 방문했다.

테이블에는 유즈루와 아리사.

마주하듯이 아마기 나오키와 아마기 에미가 앉아 있었다.

"그럼, 이쪽에 서명을 부탁드립니다."

유즈루는 그러면서 나오키에게 종이 한 장을 내밀었다.

이미 유즈루와 아리사가 각자 필요한 정보를 기입 완료.

증인으로서 유즈루의 아버지도 서명을 했다.

나머지는 아리사의 양아버지가 증인으로서 서명을 하면 완성이다.

"마, 맡겨다오……."

나오키는 무뚝뚝한 표정과는 달리, 손을 떨면서 주소와 이름을 적었다.

그가 실수한다면 처음부터 다시 적게 되어버리니까 압박을 느끼는 모양이었다.

다만 실수할 것을 내다보고 예비용으로 두 장을 더 준비했으니까 그렇게까지 긴장한 필요는 없지만.

"후우…… 이걸로 되겠나?"

마지막으로 도장을 찍은 다음, 나오키는 유즈루에게 혼인 신고서를 돌려주었다.

유즈루는 내용을 확인한 뒤, 머리를 숙였다.

"감사합니다. 그럼 따님과…… 결혼을 하겠습니다."

"……딸을 부탁합니다."

나오키도 정중한 표정으로 머리를 숙였다.

"나오키 씨, 에미 씨. 이제까지, 고마웠어요."

아리사 역시도 깊이 머리를 숙였다.

그런 그녀에게 나오키는 살짝 울 것 같은 표정으로 끄덕였다.

한편 에미는 조금 복잡해 보이는 표정을 지었다.

'……화해, 했을까?'

에미는 옛날에 아리사를 학대했다.

물론 아리사의 입으로 그 이야기를 직접 들은 적은 없지만…… 유즈루는 그것을 넌지시 헤아리고 있었다.

실제로 아리사의 입에서 나오키의 이야기가 나온 적은 있었지만, 에미의 이야기가 나오는 일은 거의 없었다.

아리사에게는 화제로 삼고 싶지 않은 상대였을 터.

하지만 오늘 아리사와 에미 사이의 분위기는, 거북하게 느껴지기는 하지만 험악하지는 않았다.

적어도 유즈루의 눈으로 보기에는, 말이지만.

'뭐, 어쨌든 상관없나.'

아리사 나름대로 마음의 정리가 되었다면 그것으로 충분.

설령 안 되었더라도 유즈루가 간섭할 일은 아니었다.

이것은 아리사 개인의 문제이니까.

"그럼, 내일의 절차 말인데요……."

결혼식에 대한 최후의 논의를 하고, 두 사람은 아마기가를 뒤로했다.

※

그 후, 유즈루와 아리사는 어느 묘역으로 향했다.

"아마도 이쪽이라고 들었는데요…… 있네요."

유키시로 가문 묘지.

그렇게 적힌 무덤 앞에서 아리사는 걸음을 멈추었다.

"좀 더 빨리, 왔어야 했을 테지만요……."

아리사는 어딘가 후회하듯 중얼거렸다.

그리고는 변명하듯 계속 이야기했다.

"솔직히 별로 실감이 없었거든요. 옛날에는 오면 정말로 그렇게 되어버리는 것 같아서…… 질질 뒤로 끄는 사이에, 기억도 희미해져서. 이제는 안 가도 되는 걸까…… 마음속 어딘가 그렇게 생각하고는…… 불효자네요. 유즈루 씨가 먼저 말하지 않았다면…… 틀림없이 평생 안 왔을 거예요."

"……."

유즈루에게 이야기를 하는 것인지, 아니면 눈앞의 부모님에게 이야기를 하는 것인지.

판단이 되지 않았던 유즈루는 애써 침묵을 지켰다.

하지만 아무런 반응도 하지 않는 것은 분위기가 너무 숙연해져 버리겠다며 생각을 바꾸었다.

"어—, 하지만 오늘은 왔으니까, 괜찮지 않을까? 다행히도 묘지도 깨끗하고……."

유즈루는 살짝 억지스럽게 말을 건넸다.

실제로 자식인 아리사가 한 번도 찾아오지 않았음에도 불구하고 무덤의 상태는 양호했다.

살짝 시들기는 했지만 꽃도 바쳐져 있었다.

정기적으로 성묘를 오는 사람이 있는 증거였다.

“에미 씨가…… 청소, 해주었다는 모양이에요.”

“허, 허어……?!”

의외의 사실에 유즈루는 눈을 동그랗게 떴다.

한편 아리사는 자조 섞인 미소를 지었다.

“묘지, 어디에 있는지 재확인했더니…… 이제 와서 찾느냐며 어이없어했어요.”

“어—, 응…… 그런가.”

유즈루는 어떻게든 위로해주려고 했지만 제대로 말이 떠오르지 않았다.

말문이 막힌 유즈루에게 아리사는 밝은 목소리로 말했다.

“지나간 일이에요. 청소, 하죠.”

“그러네.”

유즈루는 얼른 무덤 청소에 착수했다.

그다지 더럽지는 않으니까 때나 먼지를 물로 가볍게 씻어내는 정도였다.

묘비를 공들여서 닦은 뒤, 시든 꽃을 치우고 새로운 꽃을 바쳤다.

마지막으로 선향을 올린 다음, 손을 맞댔다.

‘따님과 결혼하게 되었습니다…….’

유즈루는 마음속으로 장인과 장모에게 인사를 했다.

그리고 두 사람은 묘역을 뒤로했다.

“유즈루 씨.”

돌아가는 길.

툭 하니 중얼거리듯이 아리사는 유즈루의 이름을 불렀다.
"왜?"
"……일 년에 한 번, 같이 와줄 수 있을까요?"
아리사의 말에 유즈루는 크게 끄덕였다.
"물론이야. 네 부모님이라면, 내 부모님이시기도 하니까. 일 년에 한 번, 가는 건 당연하지."
유즈루가 그렇게 대답하자 아리사는 미소 지었다.
"고마워요."
어느 때보다도 아리사는 상쾌한 표정을 짓고 있었다.

※

결혼식, 당일.
유즈루는 아리사를 집까지 마중 나가서는 가장 먼저 시청으로 향했다.
혼인 신고서를 제출하기 위해서였다.
이미 적은 것을 시청 창구에 내는 것뿐이었으니까, 제출 자체는 막힘없이 끝났다.
"이걸로 부부……인가요."
"그런데…… 왜 그래?"
복잡해 보이는 표정의 아리사에게 유즈루는 물었다.
예상치 못한 매리지 블루는 아니냐고.
"아뇨, 의외로 싱겁구나 싶어서요."

"응, 뭐…… 애당초 우리, 전부터 동거하고 있으니까."

이것으로 두 사람의 생활이 극적으로 바뀔 리는 없다.

물론 결혼 후에는 유즈루는 취직, 아리사는 박사 과정을 밟겠지만…… 그것은 결혼이 원인이 아니다.

"하지만 오늘부터 저, 타카세가와 아리사네요. 잘못 쓰지 않도록 해야겠어요."

아리사는 스스로 그렇게 말하고는 기쁜 듯 미소 지었다.

결코 불만이나 불안이 있는 것 같지는 않았다.

유즈루는 살짝 안심했다.

"그럼 결혼식장으로 갈까. 아직 이르지만……."

"그러네요. 빨리 가서 나쁠 건 없으니까요."

유즈루와 아리사는 곧장 결혼식장으로 향했다.

예식장에는 이미 유즈루의 부모님과 아리사의 양부모님이 도착해 있었다.

그 밖에도 들러리나 사회를 맡는 일부 친족도 모여 있었다.

"무사히 제출했느냐?"

유즈루의 아버지, 타카세가와 카즈야는 유즈루에게 그리 물었다.

카즈야의 물음에 유즈루는 끄덕였다.

"물론이야."

"그럼 됐다."

카즈야는 어딘가 안도한 목소리로 말했다.

물론 서류 제출만으로 트러블이 발생할 리도 없고, 유즈루가 서류를 제출하는 것만으로 당황할 리도 없다.

그저 하나의 단락으로서, 안도한 것이었다.

"안녕하세요. ……이렇게 전부 준비해주셔서 감사합니다."

아리사는 유즈루의 아버지에게 그런 말을 건네며 머리를 숙였다.

결혼식 준비를 한 것은 유즈루의 아버지였다.

유즈루도 아리사도 준비에는 거의 참가하지 않았다.

이것은 취직과 진학을 최우선으로 하라는 양측 부모님의 명령이 있었기 때문이지만, 아리사로서는 죄송스러운 마음도 있었을 것이다.

"아니, 신경 쓸 것 없다. ……미안하구나, 이래저래 참견을 해서."

아리사의 말에 카즈야는 쓴웃음 지었다.

카즈야의 입장에서는 오히려 아리사를 '타카세가와 가문'의 사정으로 휘두르고 말았다는 부채감이 있었다.

가문의 사정을 최우선으로 아리사의 희망을 넣어주지 못하니까, 자신이 대신에 준비를 진행하는 것은 당연하다는 의식이 있었다.

"아뇨, 저도 오늘부터…… 타카세가와 가문의 사람이니까요."

아리사가 조심스럽게 말하자 카즈야의 눈매가 가늘어졌다.

"음, 그렇구나. 고맙다."

한바탕 인사를 마친 참에, 그들은 마지막 논의를 진행했다.

다만 어디까지나 당일의 흐름을 재확인하는 것뿐이었다.

논의가 끝나자 본격적인 준비에 들어갔다.

유즈루는 신랑 의상으로, 아리사는 신부 의상으로 갈아입었다.

그리고 이런 것은 남성보다도 여성 쪽이 훨씬 시간이 걸리는 것이 보통이다.

앞서서 옷을 갈아입은 유즈루는, 벌써 예식장에 찾아온 손님을 상대하고 있었다.

"오빠, 아리사 씨 준비, 끝났어."

차분한 색깔의 드레스에 제대로 머리카락을 검게 염색한 동생이 유즈루를 불렀다.

"그런가."

바로 유즈루는 아리사가 기다리는 대기실로 향했다.

웨딩드레스 디자인은 둘이서 골랐으니까 알고는 있지만…… 그럼에도 기대감으로 가슴이 부풀었다.

유즈루는 가볍게 문을 노크했다.

"유즈루야. 들어가도 될까?"

"들어와요."

아리사의 허가를 얻고 유즈루는 대기실로 들어갔다.

"어떤가요……?"

아리사는 수줍어하며 유즈루에게 물었다.

"……."

그 모습은 무척 아름다웠다.

순백의 웨딩드레스는 아리사의 하얀 피부에 녹아들어서, 아름다운 아마포 색 머리카락을 빛나게 만들었다.

또한 코르셋 드레스는 아리사의 좋은 스타일을 강조하고, 발밑까지 뻗은 치마는 오히려 안쪽에 감추어진 아리사의 아름다운 다리를 상상하게 만들었다.

"저기—, 유즈루 씨?"

"어, 미안해. ……그만 빠져버렸어."

"정말이지, 빈말을 잘 한다니까요."

그러면서도 아리사는 기뻐 보였다.

"그러는 유즈루 씨도 잘 어울려요."

"고마워. ……솔직히 부끄럽지만 말이지, 이거."

유즈루가 입고 있는 것은 하얀 턱시도였다.

색깔은 검정이나 회색 등도 고를 수 있었지만, 기왕의 결혼식이기도 해서 하얀색을 골랐다.

하지만 검정은 몰라도 하얀 턱시도는 처음 입었다.

그 탓인지 유즈루는 살짝 부끄럽다는 기분이었다.

"자신을 가져요. 멋있으니까."

"그런가? 뭐, 네 아름다움 앞에서는 빛이 바랜다고 생각하지만. 돋보이게 만들어주는 역할로서, 열심히 할게."

"정말이지…… 빈말만 한다니까."

유즈루의 빈말에 아리사는 부끄러운 듯 뺨을 붉혔다.
역시나 아주 마음에 없지는 않아 보였다.
"유즈루 씨도 주역이니까요. 정신 바싹 차려요."
"그래, 물론이야. ……그럼, 손을."
"예."
유즈루가 건넨 손에 아리사는 자신의 손을 겹쳤다.

※

기념 촬영과 간단한 리허설을 마친 다음, 두 사람은 결혼식에 임했다.
처음으로 신랑인 유즈루가 입장.
다음으로 신부인 아리사가 양아버지인 나오키와 함께 입장했다.
찬송가 제창, 성서 낭독을 마친 다음, 부부의 서약으로 넘어갔다.
"신랑, 타카세가와 유즈루. 당신은 이곳에 있는 유키시로 아리사를 아플 때도, 건강할 때도, 부유할 때도, 가난할 때도, 아내로서 사랑하고, 존경하고, 아낄 것을 맹세합니까?"
목사의 물음에 유즈루는 끄덕였다.
그리고 목소리가 긴장 탓에 떨리지 않도록, 발음을 실수하지 않도록 주의하며 대답했다.
"예, 맹세합니다."

이어서 목사는 아리사에게 물었다.

"신부, 유키시로 아리사. 당신은 이곳에 있는 타카세가와 유즈루를 아플 때도, 건강할 때도, 부유할 때도, 가난할 때도, 아내로서 사랑하고, 존경하고, 아낄 것을 맹세합니까?"

"예, 맹세합니다."

아리사는 작게 끄덕이며 대답했다.

그녀의 목소리는 긴장 탓에 가늘게 떨리고 있었다.

유즈루는 아리사도 자신과 마찬가지로 긴장하고 있다는 사실에 조금 안도했다.

"그럼 반지 교환을."

목사의 말에 두 사람은 반지 교환으로 넘어갔다.

우선 아리사는 왼손에 끼고 있는 장갑을 벗어서 들러리에게 건넸다.

그런 다음, 두 사람은 마주 봤다.

그리고 우선은 유즈루가 들러리에게서 결혼반지를 받아 들었다.

"아리사, 손을."

"예."

아리사의 가늘고 하얀 손가락에 결혼반지를 끼웠다.

그저 반지를 끼우는 것뿐.

그것뿐인데도 유즈루는 굉장히 긴장했다.

"그럼 유즈루 씨도."

"그래."

유즈루도 아리사에게 손을 내밀었다.

아리사는 유즈루의 손을 잡더니 그의 손가락에 결혼반지를 끼웠다.

서늘한 금속의 감촉을 유즈루는 느꼈다.

두 사람이 무사히 반지 교환을 마친 것을 확인한 뒤, 목사는 예식을 진행시켰다.

"그럼…… 맹세의 키스를."

""……""

유즈루는 긴장 탓에 떨리는 손으로 아리사의 베일을 잡았다.

그리고 천천히 베일을 올렸다.

"아리사."

"예."

"사랑해."

"저도…… 사랑해요."

아리사는 그러면서 눈을 감았다.

유즈루는 그런 아리사에게 응하듯, 그녀의 입술에 자신의 입술을 가볍게 댔다.

키스를 마치고 유즈루는 천천히 얼굴을 뗐다.

아리사의 얼굴은 새빨갛게 물들어 있었다.

아리사의 비취색 눈동자에 비치는 유즈루의 얼굴도 붉게 변해 있었다.

이것으로 결혼식은 무사히 끝이 났다.

※

결혼식은 무사히 끝났다.

이제부터는 피로연 시간이었다.

피로연은 타카세가와 가문 차기 당주의 결혼식이기도 해서 손님의 숫자나 요리, 여흥의 질은 높지만 통상적인 피로연과 그리 크게 다르지는 않았다.

호스트나 게스트가 스피치를 하거나, 케이크를 자르거나, 축전 소개 등이 진행되거나.

중반에 접어들어서 유즈루와 아리사는 옷을 갈아입기 위해 일단 퇴장했다.

"아리사, 피곤하진 않아?"

예식장에서 나온 뒤, 유즈루는 아리사에게 물었다.

아리사는 쓴웃음 지으며 끄덕였다.

"……조금이요."

그녀의 얼굴에는 어렴풋이 피로의 기색이 엿보였다.

제대로 대화를 나눈 적도 없는 사람, 본 적조차 없는 사람…….

이런 자리에 익숙하지 않은 아리사가 지쳐버리는 것은 무리도 아니었다.

"이다음에는 인사를 돌 건데…… 피곤하다면 생략할 수 있어. 어떻게 할래?"

가능하다면 와준 사람에게는 한 번, 최소한의 인사를 해야만 한다.

하지만 아리사의 몸 상태가 좋지 않다면 유즈루 혼자서만 돌 수도 있다.

상대는 기분이 상할지도 모르겠지만…….

신부 퍼스트, 아리사의 몸 상태가 중요했다.

"배려, 고마워요."

하지만 유즈루의 말에 아리사는 등줄기를 쫙 폈다.

"조금만 더 참으면 되니까요. 끝까지 해낼게요."

아리사는 다부지게 그리 말했다.

그녀의 얼굴에는 피로도 있었지만, 하지만 동시에 강한 의지도 느껴졌다.

유즈루를 위해서, 타카세가와 가문을 위해서 애써주는 것이었다.

"……고마워."

유즈루는 무심코 아리사를 끌어안았다.

"어, 아, 잠깐……."

갑자기 안긴 아리사는 뺨을 붉혔다.

부끄러운 듯 몸을 꿈틀거렸다.

"잠깐…… 유, 유즈루 씨! 누가 볼지도 모르니까, 이, 이런 곳에서는……."

"그만큼 벌충은 반드시 해줄 테니까."

"아, 예. ……고마워요."

아리사는 붉은 얼굴로 작게 끄덕였다.

옷을 갈아입은 유즈루와 아리사는 다시 예식장으로 돌아왔다.

도중에 여흥이나 식사 등을 챙기면서도 두 사람은 예식장에 와준 게스트에게 인사를 진행했다.

하지만 익숙한 유즈루는 몰라도, 아리사 쪽은 명백하게 피로의 기색이 드러나고 있었다.

한 번 더 휴식을 취할까.

유즈루가 그런 생각을 하던 그때였다.

"야호—, 아리사."

그러면서 아리사에게 말을 건넨 것은 아야카였다.

그 옆에는 치하루와 텐카도 있었다.

셋 다 유즈루와 아리사의 친구로서, 또한 각각의 가문 차기 당주로서 결혼식, 피로연에 출석했다.

인사 자체는 진즉에 마쳤다.

"아, 아야카 씨? 저, 저기, 좀……."

"우리랑 잠깐 여자 모임 좀 하자."

"모처럼의 기회니까."

세 사람은 그러면서 유즈루 곁에서 아리사를 납치해버렸다.

아리사는 곤란하다는 표정을 지으면서도 싫지는 않다는 듯 끌려갔다.

"으—음, 저건……."

"쟤들이 신경을 써준 거야."

유즈루에게 그렇게 대답한 것은 사타케…… 아니, 타치바나 소이치로였다.

얼마 전에 타치바나 가문에 데릴사위로 들어간 소이치로는, 아야카의 남편이라는 입장으로 이 자리에 출석했다.

"타치바나 가문과 우에니시 가문, 겸사겸사지만 나기리 가문의 차기 당주에게 둘러싸여 있으면…… 빠져나갈 수 없는 건 어쩔 수 없다는 이야기겠네."

소이치로 옆에 있던 히지리는 웃으며 대답했다.

히지리는 료젠지의 차기 당주는 아니지만 유즈루의 친구다.

당연히 이 자리에 출석했다.

"그러니까 우리도 가자고."

"어—, 아니, 하지만 아리사가 빠진 만큼……."

"바보야! 신랑만 돈다면 신부의 인상이 나빠질 텐데. 같이 빠져버리는 편이 당연히 더 낫겠지?"

소이치로와 히지리는 억지로 유즈루의 어깨를 붙들었다.

둘 다 얼굴이 조금 붉었다.

아무래도 취한 모양이었다.

"너희 말이지……."

두 사람의 뻔뻔스러운 태도에 유즈루는 무심코 웃었다.

취해서 신랑에게 들러붙는 친구 A와 B. ……그런 역할을 도맡아주려고 나선 듯했다.
“잠깐만이라고?”
“잠깐만으로 돌려 보내줄 거라고 생각해?”
“너도 더 마셔, 자!”
친구들이 시키는 대로, 유즈루는 술을 마시고…….
생각하는 것이었다.
역시 우정이란 무엇과 바꿀 수 없는 것이라고.

※

피로연이 끝난 뒤.
타카세가와 가문과 아마기 가문의 친족들이 참석하는, 성대한 2차 잔치가 열렸다.
장소는 예식장 근처에 있는 여관이었다.
2차는 편한 자리라서 술이나 노래로 시끌벅적했다.
“아직도 하고 있네요…….”
목욕을 마치고.
자기 객실로 돌아온 아리사는 쓴웃음 지었다.
유즈루와 아리사에게 주어진 객실은 2차 자리에서 조금 떨어져 있지만, 그럼에도 시끌벅적한 소리가 들렸다.
클레임이 없는 것은 한 층 통째로 빌렸으니까.
“뭐, 결혼식도 피로연도 답답한 분위기였으니까. 마음 편히 즐기고 싶겠지. 이런 기회도 그리 많지는 않을 테니까.”

아리사의 말에 유즈루도 어깨를 으쓱였다.

유즈루와 아리사가 2차에 출석한 것은 딱 30분.

그 후로 바로 물러나서, 객실에서 단둘만의 시간을 보내고 있었다.

이번 주빈은 유즈루와 아리사이지만 아무도 붙잡지 않았다.

그것은 결혼식 날의 밤 정도는 둘이서 보내고 싶으리라는 배려였다.

……단순히 술을 마시고 떠들썩하게 노는 자리라면 굳이 주빈이 없어도 문제가 없다는 이유도 있지만.

"뭐, 밤 정도는 둘이서 다정하게 마시자."

유즈루는 그러면서 행사장에서 슬쩍 가져온 일본주를 들어 올렸다.

2차에 나온 술 중에서 가장 가격이 비싼 물건이었다.

유즈루는 그것을 아리사의 잔에 따랐다.

"고마워요. 그럼 유즈루 씨도."

아리사도 유즈루의 잔에 일본주를 따랐다.

"그럼, 건배."

"예, 건배."

유즈루와 아리사는 건배하고는 일본주를 입으로 옮겼다.

상쾌한, 마시기 편한 맛이었다.

특히 오늘, 처음으로 술을 입에 댄 아리사는 황홀한 표정으로 술을 맛보았다.

"결혼식, 어땠어?"

"으—응, 조금 긴장했어요. 무사히 끝나서 마음 놓았어요."

의자에 몸을 푹 기대고 다리를 꼬며 아리사는 말했다.

유카타를 입고 있는 만큼, 희고 요염한 다리가 옷자락에서 엿보였다.

평소의 아리사라면 의도 없이 하지는 않을 동작이지만…….

하루 종일 긴장하다가 풀려서 그런지, 알아차리지 못한 모양이었다.

"유즈루 씨는 역시 대단하네요."

"아니, 나도 긴장했어. ……특히 결혼식 때."

"그랬나요?"

"대사, 실수하진 않을지 걱정이었어."

"아…… 알겠어요."

결혼식을 괴로운 추억으로 만들고 싶지 않다.

실패하고 싶지 않다.

그렇게 생각하니 아무래도 긴장해버려서 즐길 겨를이 없었다.

작은 딜레마였다.

"하지만 그걸 포함해서 좋은 추억이 되었어요."

"그건 다행이네."

술을 계속 마시는 사이, 아리사의 뺨이 붉어졌다.

마시기 편한 것치고는 도수가 센 것이리라.

아리사는 순식간에 취해버렸나 보다.
“이걸로 우리, 정식으로 부부가 되었네요.”
아리사는 그러면서 유즈루의 손을 잡았다.
손가락과 손가락을 뒤얽어서 연인답게 붙잡았다.
팔을 휘감고 벌어진 가슴을 가져다 댔다.
“그러네.”
유즈루는 살며시 아리사의 머리를 쓰다듬었다.
아리사는 기분 좋은 듯이 눈매가 가늘어지고, 유즈루의 가슴에 체중을 실었다.
“아이는 몇 명, 원하나요?”
아리사는 유즈루를 올려다보며 물었다.
유즈루는 잠시 생각하고는 대답했다.
“몇 명? 으—음…… 둘 정도?”
“어째서 둘인가요?”
“나랑 아유미가 둘이었으니까. ……혼자 있으면 쓸쓸하지 않을까 해서.”
동생과 싸운 적이 없지는 않다.
하지만 동생이 없는 인생은 유즈루로서는 상상도 할 수 없고, 있어서 좋았다고 생각한다.
없었다면 틀림없이 쓸쓸하게 보낼 때도 있었을 것이라고.
그러니까 자기 아이들에게도 형제자매를 만들어줬으면 좋겠다고 유즈루는 생각했다.
독선적인 자기 의견이기는 하지만.

"아리사는?"

"유즈루 씨가 바란다면…… 몇 명이라도."

"그건 치사하잖아. 좀 더 구체적으로."

유즈루는 그러면서 아리사의 등을 쓰다듬었다.

아리사는 몸을 움찔 떨고, 그리고 황홀한 표정을 지었다.

"잔뜩, 원해요."

"그런가. 그럼…… 열심히 해야겠네."

"예."

아리사는 끄덕이더니 병아리가 모이를 조르듯이 턱을 위로 들었다.

유즈루는 그런 아리사의 입술에 자신의 입술을 겹쳤다.

허리로 손을 둘러서 띠를 풀었다.

흘러내리듯이 유카타가 바닥에 떨어졌다.

순식간에 아리사는 실오라기 하나 걸치지 않은 모습이 되었다.

아무래도 속옷은 안 입고 있었나 보다.

주황색 조명이 아리사의 하얀 피부를 요염하게 비추었다.

"유즈루 씨. ……어떻게 할래요? 아기, 만들래요?"

아리사는 유즈루의 유카타를 벗기며 그렇게 물었다.

유즈루는 그런 아리사의 엉덩이를 가볍게 쓰다듬었다.

"그 제안은 기쁘지만…… 너는 아직 학생이잖아?"

유즈루는 내년부터 사회인이지만 아리사는 아직 학생…… 박사 과정이 남아 있다.

게다가 둘 다 한동안은 미국에서 살 예정이다.

유즈루는 문제가 없더라도 아리사는 힘들 것이다.

"그도 그랬죠……."

아리사는 조금 냉정해졌는지 작게 어깨를 떨어뜨렸다.

하지만 금세 요염한 표정을 짓더니 유즈루의 가슴팍을 손가락으로 문질렀다.

"그럼 그만큼…… 오늘 밤은 추억에 남게 만들어줘요."

"응, 알았어."

유즈루는 끄덕이고는 아리사를 안아 들었다.

공주님처럼 안긴 아리사는 기대로 가득한 표정으로 유즈루를 올려다봤다.

그리고 유즈루는 다정하게 아리사를 이불에 눕혔다.

"오늘 밤은 재우지 않을 거야."

"다정하게…… 귀여워해줘요."

이리하여 두 사람은 달콤한 밤을 보냈다.

※

결혼식 이후로 일주일 뒤.

유즈루와 아리사는 교토에 있는 치하루의 본가를 방문했다.

"오늘은 잘 부탁합니다."

"잘 부탁드려요."

유즈루와 아리사는 나란히 머리를 숙였다.

그런 두 사람에게, 기모노를 입은 여성은 품위 있는 미소를 지었다.

"자자, 그렇게 딱딱하게 굴지 말고. 오늘은 어디까지나…… 딸 친구의 결혼식, 이니까요."

그녀가 바로 우에니시 가문의 현 당주이자 치하루의 어머니였다.

나이치고는 무척 젊어 보였다.

"하지만 혹시 다음 기회가 있다면…… 그때야말로 할머니로서 참가하고 싶네요."

치하루의 어머니는 오호호 웃었다.

유즈루와 아리사는 그 말을 부정도 긍정도 못 하고 웃음으로만 답했다.

혹시 "그러네요" 같은 식으로라도 대답한다면, 나중에 귀찮은 일이 벌어질 것은 빤히 보였으니까.

"그럼 의식 설명은 치하루가. 저는 물러나도록 할게요."

치하루의 어머니는 그러고는 그 자리에서 나갔다.

그리고 이제까지 가만히 있던 치하루는 살짝 앞으로 나왔다.

"그럼 다시. 두 분 모두, 결혼, 축하해요. 뭐, 전에도 말했지만요."

치하루는 쓴웃음 지으며 말했다.

치하루의 말에 유즈루와 아리사도 쓴웃음 지었다.

오늘, 유즈루와 아리사가 치하루의 본가를 방문한 것은 전통 혼례를 올리기 위해서였다.

요컨대 두 번째 결혼식이었다.

보통 결혼식은 두 번이나 올리지 않으니까 조금 우습기도 했다.

"이번에는 개인으로서, 둘뿐이니까…… 의식 일부는 생략할게요. 괜찮겠죠?"

치하루의 말에 유즈루와 아리사는 함께 끄덕였다.

이번 결혼식은 지난번과 달리 게스트를 하나도 부르지 않았다.

부모님도 포함해서.

몇 번이고 결혼식에 부르는 것은 미안하다……는 이유가 하나.

또 하나는 이 결혼식을 공식적인 일로 만들지 않기 위해서였다.

타카세가와 가문과 우에니시 가문의 관계는 좋아졌다고는 하지만 아직 미묘했다.

부모를 초대하면 가문 사이의 일이라는 요소가 강해져서 주변의 반발도 커진다.

실제로 유즈루의 할아버지는 달가워하지 않았다.

어디까지나 유즈루와 아리사가 개인적으로 진행한다는 모양새였기에 안 된다고 하지는 않았을 뿐이었다.

……그렇다기보다는 애당초, 유즈루의 할아버지는 우에니시의 토리이 따위는 죽어도 지나가지 않겠다고 말할 것이다.

'초대했지만 안 왔다'보다는 '처음부터 초대하지 않는다' 쪽이 낫다.

"의식은 주로 제가 진행하고, 어머니가 보좌를 한다는 형태가 돼요."

치하루는 그렇게 말하고는 의식 진행과 역할에 대해서 간단히 이야기했다.

그리고 치하루의 할머니인 우에니시 가문 선대 당주의 역할에 대해서는 언급이 없었다.

이유는 굳이 말할 필요도 없는 이야기였다.

"뭐, 그런 느낌이네요. 어차피 저희끼리 하는 거니까, 느슨하게 하죠."

지난번이랑 다르니까 말이죠?

치하루는 그렇게 윙크를 했다.

치하루의 행동에 유즈루와 아리사도 미소를 지었다.

"그래. 잘 부탁해, 치하루."

"잘 부탁해요, 치하루 씨."

"예, 맡겨줘요. 편안하게 있으면 돼요."

치하루는 가슴을 두드렸다.

설명이 끝나자 유즈루와 아리사는 각자 대기실로 안내

받았다.

사전에 준비한 의상을 입었다.

먼저 갈아입은 유즈루는 사진 촬영 장소에서 아리사를 기다렸다.

5분 뒤, 치하루의 인도에 따라 아리사가 다가왔다.

“오오……! 잘 어울려, 아리사. 엄청 예뻐.”

전통 혼례 복장을 입은 아리사를 보고 유즈루는 함성을 터뜨렸다.

아리사는 외모에서 서양의 분위기가 느껴지지만, 그러나 전통 복장은 그것을 넉넉히 감싸고 있었다.

하양과 빨강, 아마포 색 머리카락의 콘트라스트가 무척 아름다웠다.

그야말로 서양과 일본의 절충이라는 분위기였다.

이것만으로도 두 번째 결혼식을 올리는 보람이 있다고 유즈루는 느꼈다.

“고마워요. 유즈루 씨도 멋져요. 양복도 멋지지만…… 역시 이쪽이 잘 어울려요.”

“성인식이랑 그렇게 다르진 않지만.”

하얀 복장인 아리사와 달리 유즈루는 검은색의 문양이 있는 기모노였다.

아리사의 복장과 비교하면 진귀하지는 않지만, 하지만 평소에도 입고 있는 만큼 태가 났다.

“이것 참, 아리사 씨, 귀엽네요! 제 신부가 되어주지 않을래요?"

치하루는 진심으로 기쁜 듯 말했다.

말투는 농담기가 배어 있지만 눈은 진심으로 보였다.

"신랑 앞에서 신부를 유혹하지 마."

"아하하하……."

그런 대화를 나누며 두 사람은 기념 촬영에 임했다.

우에니시 가문이 고용한 카메라맨이 사진을 찍어주었다.

기념 촬영을 마친 뒤에는 혼례로 넘어갔다.

이번에는 손님이 없지만…… 대신에 관광객이 있었기에 결코 쓸쓸한 결혼식이 되지는 않았다.

모르는 사람이라도 결혼을 축하해주는 것은 유즈루도 아리사도 기분이 좋았다.

"자, 오늘 의식은 이것으로 끝이에요. 수고했어요."

치하루의 말에 유즈루와 아리사는 안도의 한숨을 내쉬었다.

손님이 없으니까 이전만큼 긴장하지는 않았지만, 그럼에도 역시나 마음을 다잡고는 있었다.

"오늘은 고마워, 치하루. 추억에 남았어."

"흥미 깊은 경험이었어요. 고마워요."

유즈루와 아리사는 치하루에게 감사의 말을 건넸다.

이렇게 전통 혼례를 올릴 수 있었던 것은 치하루가 쾌히 허락해준 덕분이었다.

"신경 쓸 것 없어요. 돈도 받았으니까. 하지만, 그러네요…….”

치하루는 싱긋 미소를 지었다.

“다음번에는 주최자가 아니라 어머니로서 참가하고 싶네요.”

치하루의 말에 유즈루와 아리사는 부정도 긍정도 못 하고 쓴웃음을 지었다.

맞선 보고 싶지 않아서 억지스러운 조건을 달았더니 동급생이 온 일에 대해서

결혼식을 올리고 3주 후.

유즈루와 아리사는 하늘 위에 있었다.

“캥거루, 귀여웠어요!”

“그러네. ……게다가 맛있었어.”

“……뭐, 부정하진 않겠지만요.”

두 사람은 신혼여행 중이었다.

처음으로 두 사람이 방문한 곳은 중국, 다음은 동남아시아, 그리고 북아프리카와 유럽을 돌고 남아메리카를 방문, 그리고 다음으로 호주로 향했다.

지금은 호주를 떠나서 하와이로 향하고 있었다.

하와이 관광을 마친 뒤, 두 사람은 일본으로 돌아간다.

대략 1개월의 여행 예정이었다.

그리고 일본으로 돌아간 뒤에는 한동안 느긋하게 보낸 뒤, 미국으로 돌아갈 예정이었다.

유즈루도 아리사도 미국에서 새로운 생활을 보내게 되니까.

“그건 그렇고, 유즈루 씨. 어째서 하와이인가요?”

“아니, 딱히 의미는 없는데. 아직 가본 적 없잖아?

……싫어?"

"아뇨, 딱히. 하지만 하와이만큼은 유즈루 씨의 선택이고, 같은 미국인데…… 그게 조금 신경이 쓰였어요."

유즈루도 아리사도 이제까지 미국에 살았고, 앞으로도 한동안 미국에서 생활할 예정이었다.

당연히 하와이는 본토와는 전혀 다를 테지만, 그래도 미국이다.

'신선한 이국 느낌'은 느낄 수 없을 것이다.

"바로 그러니까, 야. ……그게, 이제까지 계속 이동하느라 힘들었잖아? 마지막이니까 리조트에서 느긋하게 보내자."

1개월의 여행.

말로 들으면 길게 느껴지지만, 이래저래 둘러보려고 하면 느긋하게 보낼 수는 없었다.

이동 시간도 나름대로 길어서, 이제까지의 여행은 즐거웠지만 조금 바빴다.

그러니까 마지막 정도는 느긋하게, 차분한 시간을 보내자는 것이 유즈루의 제안이었다.

"과연, 그런 이야기인가요."

논리는 납득이 갔다.

게다가 아리사에게 하와이는 처음이었다.

하와이에 가는 것 그 자체에 불만은 없고, 오히려 기대하고 있을 정도였다.

그렇기에 그 이상 추궁하지 않았다.

"납득해줘서 다행이야."

유즈루가 안도하며 가슴을 쓸어내리는데…….

유즈루의 휴대전화가 울렸다.

"무슨 일인가요?"

"……아야카가 보낸 메시지야."

유즈루는 휴대전화 화면을 켜고 보낸 사람을 확인하더니 곧바로 가방에 넣었다.

마치 아리사에게서 휴대전화를, 메시지 내용을 감추듯이.

"확인 안 해도 되나요?"

"지금은 너와 보내는 시간을 소중히 하고 싶어."

"답변은 빠른 편이 낫다고 생각하는데……."

의아하다는 표정을 짓는 아리사.

"그런 것보다도 아리사. 하와이 말인데."

"예? 무슨 일 있나요?"

유즈루는 그런 아리사의 귓가로 입술을 가져다 댔다.

"수영복, 기대해도 될까?"

유즈루의 속삭임에 아리사의 뺨이 어렴풋이 붉게 물들었다.

"정말이지!"

아리사는 유즈루의 어깨를 찰싹 때렸다.

"……제대로 준비했으니까요. 기대, 하도록 해요."

그리고 부끄럽다는 표정을 지으며 그렇게 대답했다.

※

“와아! 바다가 무척 예뻐요!!”

하와이의 어느 해변에서.

아리사는 기쁜 듯 외쳤다.

눈앞에는 파란 바다와 하얀 모래밭이 펼쳐져 있었다.

“그러네. 사람도 적고…… 비싼 입장료를 지불한 보람이 있어.”

관광지의 해변이라면 지긋지긋할 정도로 사람이 있어서 기껏 찾아온 예쁜 풍경이 허사가 되어버리는 일이 자주 있지만, 이 장소의 경우에는 그럴 걱정은 없었다.

입장 제한이 있는 해변이니까 치안 문제에서도 안전했다.

유즈루로서는 귀여운 약혼자…… 아니, 새 신부의 살결을 다른 사람에게 보여주고 싶지 않으니까 아예 전세를 내고 싶었지만…….

아무리 그래도 그것은 힘들었다.

“바로 수영을 할까.”

유즈루는 그러더니 셔츠와 바지를 벗었다.

아래에는 수영복을 입고 있었으니까 바로 바다에 들어갈 수 있었다.

아리사도 원피스 아래에 수영복만 입은 복장이라서 바로 바다에 들어갈 수 있을 터인데…… 그러나 아리사는 어째선지 수영복차림이 되지 않았다.

"……안 벗어?"

"저쪽, 보고 있어요."

유즈루가 묻자 아리사는 바다와는 반대쪽을 가리키며 말했다.

딱히 신경 쓸 일은 아닌데, 그렇게 생각하면서도 유즈루는 분부하시는 대로 아리사에게서 등을 돌렸다.

스르륵, 뒤에서 원피스를 벗는 소리가 들렸다.

아리사의 살결은 몇 번이나 보았지만, 하지만 이런 시추에이션은 아무래도 두근두근하고 만다.

"이제 됐어?"

"……다 됐어요."

유즈루는 돌아봤다.

그곳에는 검은색 비키니를 입은 새 신부의 모습이 있었다.

검은 천은 아리사의 하얀 피부를 더욱 도드라지게 만들었다.

'……처음 봤던 수영복도 검은색이었는데.'

문득 유즈루는 아리사와 처음으로 수영장에서 데이트했을 때를 떠올렸다.

그때, 아리사는 검은색 비키니 수영복을 입고 왔다.

무척 두근두근하던 것을 기억한다.

지금은 서로의 맨살에도 익숙해졌으니까 그때만큼 두근두근하지는 않았다.

그렇게 말하고 싶은 참이지만…….

전체적으로 천의 면적이 적었다.

커다란 가슴은 전혀 수습이 되지 않았고, 사타구니도 조금만 치우면 그만 보일 것만 같았다.

이렇게까지 외설적이라면 역시나 두근두근하고 만다.

“어떨까요? 기대하던 그대로인가요?”

아리사는 그러면서 빙글, 그 자리에서 돌았다.

크고 흰 엉덩이가 드러났다.

둔부는 거의 가려지지 않았다.

이른바 T백이었다.

“기대 이상이야. 정말 멋져.”

유즈루가 그렇게 대답하자 아리사는 기쁜 듯 미소 지었다.

“선크림, 발라줄래요?”

“물론이지.”

아리사의 부탁에 유즈루는 기꺼이 고개를 끄덕였다.

※

하얀 모래밭 위에 깔린 돗자리.

그 위에 아리사는 엎드려 있었다.

수영복 끈을 풀어서 출렁, 돗자리 위로 늘어져 있었다.

유즈루는 그런 아리사 위에 올라타고 있었다.

“으응…….”

유즈루는 선크림을 아리사의 하얀 등에 펴 발랐다.

유즈루가 손을 움직일 때마다 아리사는 몸을 비틀고 달콤한 숨결을 흘렸다.

"앙…… 하아……."

"저기, 아리사."

"햐앙…… 뭐, 뭔가요?"

아리사는 목만 움직여서, 자기 위에 올라탄 유즈루를 돌아봤다.

살짝 상체가 위로 향하면서 가슴 끝부분이 그만 보일 뻔했다.

"일일이 야한 목소리 내는 건 그만해줘."

"하지만 유즈루 씨의 손놀림이…… 게다가 간지러워서……."

"아니, 일부러 그러는 거잖아?"

유즈루가 어이없다는 표정으로 말하자 아리사는 날름 혀를 내밀었다.

"들켰어요?"

"연기인지 아닌지, 그 정도는 알 수 있어."

유즈루는 그러면서 아리사의 겨드랑이로 손가락을 슥 움직였다.

그 순간, 아리사는 몸을 펄쩍 뛰었다.

"히읏! 아, 잠깐…… 아, 안 돼……!"

조금 전과는 달리 크게 몸을 움직였다.

다리를 바동바동, 팔을 움직여 유즈루의 손길을 막으려

고 했다.

“지금 그건 연기가 아닌 모양이네.”

유즈루는 손을 멈추고 웃으며 말했다.

“장난치지 말아요…….”

아리사는 입술을 삐죽였다.

그런 대화를 나누며 두 사람은 서로에게 선크림을 발라줬다.

그리고 둘이서 바다로 향했다.

가슴이 잠기는 곳까지 걸어가고, 그곳에서 더욱 깊은 장소로는 수영으로 이동했다.

서 있을 때에 아리사의 턱이 수면에 닿을 정도로 깊은 곳에서 두 사람은 이동을 멈췄다.

“시원해서 기분 좋네.”

“그러네요. 앗…….”

아리사는 몸을 움찔 떨었다.

“왜 그래?”

“지금 다리에 뭔가가 닿았어요. ……살펴볼게요.”

아리사는 그러더니 이마에 차고 있던 물안경을 눈에 댔다.

입에 파이프를 물고는 물속으로 얼굴을 넣었다.

수십 초 후, 아리사는 고개를 들었다.

“굉장해요, 유즈루 씨. 예쁜 물고기가 잔뜩 있어요!”

아리사는 흥분한 기색으로 말했다.

유즈루도 새 신부의 권유에 따라 스노클링 마스크를 끼

고 잠수했다.

그곳에는 아름다운 산호초와 컬러풀한 물고기들의 낙원이 있었다.

물의 투명도가 높아서 먼 곳까지 볼 수 있었다.

낚시가 금지되어서 그런지 물고기들의 경계심도 희박했다.

유즈루가 손을 뻗어도 도망치지 않고 오히려 다가오는 개체도 있었다.

"정말로 예쁘네."

유즈루가 그러자 아리사는 미간을 찌푸렸다.

"……감동, 희박하지 않나요?"

아무래도 유즈루의 반응은 아리사의 기대를 채워주지 못했나 보다.

유즈루는 무심코 쓴웃음 지었다.

스노클링이 처음인 아리사와는 달리 유즈루는 몇 번인가 경험이 있는 것이었다.

처음 보는 것이 아닌 만큼, 아리사와 비교하면 감동은 희박했다.

다만 그것을 솔직하게 말할 만큼 유즈루도 바보는 아니었다.

"가까운 곳에 더욱 예쁜 사람이 있으니까."

유즈루가 그렇게 말하자 아리사는 뺨을 붉혔다.

"정말이지, 빈말은 그만 해요."

그리고 얼버무리듯이 첨벙, 유즈루의 얼굴에 물을 끼얹었다.

“그랬겠다? 으랴!!”

“아, 그만해요! 정말이지, 에잇!!”

두 사람은 첨벙첨벙 서로에게 물을 뿌렸다.

그렇게 알콩달콩하는 사이에, 유즈루는 문득 깨달았다.

“……어라? 아리사, 가슴!”

유즈루는 황급히 아리사에게 말했다.

유즈루의 목소리에 아리사는 고개를 갸웃거린 뒤, 시키는 대로 자신의 가슴을 내려다봤다.

“꺅!”

작게 비명을 터뜨리고 아리사는 양손으로 가슴을 가렸다.

그리고는 주위를 두리번두리번 둘러봤다.

“어, 어디 있나요?”

“……저거 아냐?”

유즈루는 파도 위에 뜬, 검은 천 조각을 발견했다.

유즈루는 조금 수영을 해서 그것을 붙잡고는 펼쳤다.

“잠깐만, 보지 말아요. ……그리고, 돌려줘요!”

“누가 들으면 훔친 줄 알겠어.”

유즈루는 그러면서 아리사에게 천을 건넸다.

아리사는 한 손으로 가슴을 가리며 그것을 받아들었다.

하지만 좀처럼 입으려고 하지 않았다.

“안 입어?”

"저쪽, 봐요."

"예예."

유즈루는 아리사에게서 등을 돌렸다.

"이제 됐어요."

유즈루가 돌아보자 그곳에는 제대로 수영복을 입은 아리사가 있었다.

다만 수영복 면적이 적으니까 피부 면적에 그다지 차이는 없었지만…….

"슬슬 나가죠."

"그러네."

한바탕 소동도 있어서 조금 피로를 느낀 두 사람은 바다에서 나가기로 했다.

다리가 제대로 닿는 곳까지는 수영, 그리고는 걸어서 이동했다.

이제 곧 허리 아래가 물에서 나오는…….

그런 타이밍에 유즈루는 문득 장난을 치고 싶어졌다.

"아리사, 이쪽은 괜찮아? 없어지진 않았어?"

"꺅! 어디 만지는 거예요! 변태!!"

철썩!!

커다란 소리와 함께 유즈루의 등에 손바닥 자국이 생겼다.

※

바다에서 나온 유즈루와 아리사는 비치 체어에 누워서 느긋하게 보내고 있었다.

"저기, 아리사……."

"……."

유즈루는 옆에 누워 있는 아리사에게 말을 건넸다.

그러나 아리사는 대답하지 않았다.

하지만 자는 것은 아니었다.

그것의 증거로 얼굴만 홱 옆으로 돌렸다.

화났어요.

그렇게 어필하듯이.

유즈루가 아리사의 엉덩이를 만진 뒤로, 아리사는 유즈루에게 말을 건네지 않았다.

"기분 풀어. ……내가 잘못했으니까."

"……반성하고 있나요?"

간신히 아리사는 입을 열었다.

기껏 신혼여행을 왔는데 이런 일로 싸워서 분위기가 나쁜 것은 아깝다.

그렇게 생각할 정도의 이성은 아리사에게도 있었다.

……그렇다기보다는 애당초 아리사는 그렇게까지 화가 나지 않았다.

유즈루를 가볍게 놀리는 것뿐이었다.

그 증거로 말을 하지 않은지 아직 15분도 지나지 않았다.

"반성하고 있어."

"어떻게 할까요……."

아리사는 유즈루 쪽으로 흘끗 고개를 돌렸다.

이대로 용서해줘도 된다.

하지만 그것은 조금 재미가 없다.

아리사는 그렇게 느끼고 있었다.

"그럼 사죄로 마사지 해줘요."

"마사지?!"

그런 걸로 되겠어?

유즈루는 무심코 고개를 갸웃거렸다.

이래서야 사죄가 아니라 포상이다.

"싫나요?"

아리사는 그대로 엎드리며 말했다.

싱긋 도발적인 미소를 지었다.

"설마."

유즈루는 일어서더니 아리사 위에 올라탔다.

그리고 어깨부터 공들여서 주물렀다.

"응, 아아……."

유즈루가 손가락에 힘을 실을 때마다 아리사의 입에서 뜨거운 숨결이 새어나왔다.

기분 좋은 것은 틀림없을 테지만 살짝 고의인 듯했다.

'이건 좀, 힘든데…….'

안 그래도 섹시한 모습인 새 신부.

희고 아름다운 그 살결을 만지고 주무를 때마다, 새 신부는 요염한 목소리를 내어 이쪽의 기분을 마구 휘저었다.

하지만 이것이 '사죄'인 이상, 장난을 칠 수는 없었다.

유즈루도 기분 좋아질 수 없다.

반죽음 상태였다.

"아리사. 아까도 말했지만, 일부러 이상한 목소리를 내는 건……."

"하앙…… 일부러 그러는 게 아니에요. 유즈루 씨가 잘하니까 그만 목소리가 나와 버리는 거예요……."

아리사는 곁눈질을 하며 말했다.

섹시한 그 표정에 유즈루의 심장이 뛰었다.

동시에 장난을 쳐줄까, 그런 충동이 싹텄다.

"하지만 어디까지나 마사지니까요. 간지럽힌다든지 그러면 안 되니까요. 그러면 말 안 할 거예요."

못을 박듯이 아리사는 유즈루에게 말했다.

"물론이야…… 알고 있어."

"그리고 조금이라도 손놀림이 야한 느낌이라면, 반성하지 않는 걸로 보겠어요."

"……알겠습니다요."

유즈루는 가능한 한 담담하게, 욕망을 억누르며 아리사의 어깨나 등을 주물렀다.

그리고 팔을 마사지하고 허리를 지압했다.

상반신을 한바탕 전부 주무른 유즈루는, 한 번 손을 멈추고는 아리사에게 물었다.

"다른 곳은 어딜 마사지할까?"

"엉덩이, 부탁할게요."

아리사의 대답에 유즈루는 미간을 찌푸렸다.

"야하게 하면 안 되는 거잖아?"

"그래요. 진지하게 주물러줘요. 엉덩이도 굳은 곳은 있으니까요."

"……예."

유즈루는 작게 대답을 한 뒤, 다시금 아리사의 엉덩이와 마주했다.

원래부터 크고 훌륭한 엉덩이이지만, 입고 있는 수영복 탓에 평소 이상으로 멋지게 보였다.

'엉덩이에 굳은 곳……이라니, 어디야.'

일단 유즈루는 허리에서 조금 아래 부분을 손가락으로 눌러봤다.

부드러운 지방 안으로 손가락이 파고들었다.

"이쯤, 어때?"

"아아…… 기분 좋아요. 계속해줘요……."

유즈루는 조금씩 손가락의 위치를 바꾸고 아리사에게 물어봤다.

손바닥으로 쓰다듬거나 움켜쥐고 싶다는 욕구를 억누르며, 손가락만으로 계속 눌렀다.

"엉덩이도 뭉치나?"

"으—음, 뭐, 그럭저럭이요…… 응, 아……."

유즈루의 물음에 아리사는 편안하게 느껴지는 목소리로 대답했다.

기분 좋아 보이는 목소리였다.

마사지를 받아서 기분이 좋다는 것은, 역시나 뭉쳐 있었다는 이야기일 것이다.

'가슴도 크면 뭉친다니까, 역시나 엉덩이도 크면 뭉치나?'

무거워 보이는걸.

유즈루는 그런 생각을 하며 엉덩이를 마사지했다.

"다리도 부탁할 수 있을까요?"

"……알았어."

허벅지, 장딴지, 발바닥을 마사지했다.

유즈루는 끓어오르는 기분으로도 어떻게든 하반신 마사지를 마쳤다.

"이걸로 용서해주겠어?"

본능에게 승리했다며 주먹을 꽉 쥐며 유즈루가 그렇게 말하자 아리사는 고개를 가로저었다.

"아직이에요."

"어?"

어안이 벙벙한 유즈루를 앞에 두고 아리사는 몸을 돌려서 누웠다.

그리고는 목둘레와 쇄골 주변을 가리켰다.

"여기도, 부탁할게요."

아리사는 짓궂은 미소를 지으며 유즈루에게 말했다.

쇄골 아래쪽은 가슴에 무척 가깝다.
가슴의 시작이라고 해도 될지도 모르는 부분이었다.
"으…… 아, 알았어……."
유즈루는 시키는 대로, 아리사가 지적한 장소를 마사지 했다.
매력적인 둔덕이 바로 눈앞에 있는데도 그곳으로 손을 댈 수 없다는 것은, 유즈루에게는 너무나도 힘겨운 일이었다.
"이걸로 이제, 됐지?"
아무리 그래도 이것으로 끝이겠지.
유즈루는 그렇게 생각했지만 아리사는 고개를 가로저었다.
그리고 허벅지 안쪽을 가리켰다.
무심코 유즈루의 시선도 아리사의 허벅지 안쪽으로 향했다.
그 근처에는 검은 수영복으로 가려진, 부드러워 보이는 둔덕이 있었다.
"골반도, 부탁할게요."
"아, 아무리 그래도 거긴……."
"용서 안 해줄 거라고요?"
"아아, 정말…… 하면 되잖아? 하면……."
유즈루는 아리사의 허벅지 안쪽, 그리고 골반을 마사지 했다.
손가락을 불과 몇 센티미터 움직이기만 하면, 치워버리

기만 하면 닿을 수 있다.

하지만 닿을 수 없다.

그것이 무척 안타까웠다.

"수고했어요."

종료 신호가 내려졌다.

유즈루는 손을 떼고 휴우, 한숨을 흘렸다.

"이걸로 용서해준다는 걸로, 괜찮겠지?"

유즈루가 그렇게 묻자 아리사는 턱에 손가락을 댔다.

"글쎄, 어떻게 할까요……."

"어어……."

아직도 더 견뎌내야만 하나.

유즈루가 절망한 표정을 짓자 아리사는 쿡쿡 웃었다.

"후후, 그러네요. 유즈루 씨가 제대로 이해하고 있다면, 됐다고요?"

"이해? 으—음……."

"제 몸을 만질 수 있다는 게, 무척 행복한 일이라는 거예요."

아리사의 말에 유즈루는 몇 번이고 고개를 끄덕였다.

"무, 물론이야! 나는 행복한 사람이야!!"

"좋아요. 무례를 용서해줄게요."

아리사의 말에 간신히 안도한 유즈루는 모래밭에 앉았다.

하지만 안심한 마음과는 달리 몸은 달아오른 상태였다.

"저기, 아리사. 하나만 부탁을 해도 될까?"

"뭔가요?"

"……오늘 밤, 괜찮을까?"

"하아."

유즈루의 유혹에 아리사는 미간을 찌푸리고 한숨을 내쉬었다.

유즈루는 황급히 얼굴 앞으로 손을 내저었다.

"아, 아니, 저기…… 그게, 아리사가 괜찮다면 해서……."

"용서해줬더니 곧바로 이러니까."

아리사는 어깨를 으쓱이더니 작게 웃었다.

그리고 상체를 일으키더니 다시 엎드렸다.

"한 바퀴 더, 조금 전의 마사지를 해준다면…… 해줄게요."

짓궂은 미소를 지으며 아리사는 말했다.

아리사의 조건에 유즈루의 얼굴은 굳어졌다.

"으, 으으……."

"싫은가요? 싫다면 상관은 없는데……."

"아, 알았어! 할게…… 할게요! 하게 해주세요……."

유즈루는 고개를 숙이면서도 또다시 마사지를 시작했다.

※

문득 눈이 부셔서 유즈루는 깨어났다.

살짝 고개만을 움직이자 커튼 틈새로 아침 햇살이 엿보였다.

시계를 확인하니 지금 시각은 여덟 시.

"응……."

옆을 봤더니 그곳에는 유즈루의 팔을 베개 삼아 잠들어 있는 새 신부의 모습이 있었다.

검은 수영복만을 입고 있었다.

그런 아리사의 모습을 보고 유즈루는 어젯밤의 사정을 떠올렸다.

수영복을 입고 하다니 이상하다.

그렇게 주장하는 아리사에게 부탁해서, 다시 한번 입어 달라고 한 것이었다.

욕실에서 알콩달콩, 침대 위에서도 알콩달콩.

아리사도 이러니저러니 해도 즐거워했다.

"귀엽네……."

유즈루는 아리사의 뺨을 쿡쿡 찔렀다.

참을 수 없이 사랑스럽다.

그녀가 자신의 아내라는 사실은, 자신의 인생에서 최대의 행복이라고 유즈루는 느꼈다.

'살짝 장난을…… 아니, 그만두자.'

유즈루는 장난기가 싹텄지만, 바다에서 혼이 났던 것을 떠올리고 그만뒀다.

대신에 아리사의 어깨를 붙잡고 가볍게 흔들었다.

"아리사, 일어나."

"응…… 5분만, 더……."

아리사는 얼굴을 찌푸리더니 꾸물꾸물 이불 안으로 파고들어 버렸다.

평소에는 빠릿빠릿한 아리사가 이런 모습을 보여주는 일은 드물었다.

'……야한 장난이 아니라면, 괜찮을까.'

그렇게 생각한 유즈루는 살짝 아리사를 놀리기로 했다.

"아리사, 벌써 여덟 시야."

"응……."

"학교, 지각하겠어."

"……으응? 학교……?!"

유즈루의 말에 아리사는 벌떡 상체를 일으켰다.

그리고 주위를 두리번두리번 둘러봤다.

"지, 지각!! ……어라?"

"안녕, 아리사."

유즈루는 웃으며 아리사에게 인사를 했다.

아리사는 멍한 표정을 지었지만, 금세 속았다는 사실을 깨달았는지 얼굴을 붉혔다.

"……바보!"

그러면서 아리사는 이불로 들어가 버렸다.

토라져서 누워버린 아리사가 일어난 것은 그로부터 15분 뒤였다.

※

"오늘 예정 말인데."

"예."

"가고 싶은 곳이 있는데, 괜찮을까?"

아침식사 자리에서.

유즈루는 아리사에게 그런 말을 건넸다.

"딱히 상관은 없는데…… 어딘가요?"

하와이에서 느긋하게 보내려고 하기도 해서 딱히 예정은 없다.

하지만 어디로 가는지는 신경 쓰인다.

그런 생각으로 묻는 아리사에게 유즈루는 짓궂은 미소를 지었다.

"비밀."

"어, 예…… 괜찮은데요."

무언가 서프라이즈일 것이다.

그렇게 이해한 아리사는 유즈루의 제안을 얌전히 받아들였다.

아침식사를 마치자마자 유즈루와 아리사는 함께 택시를 탔다.

유즈루는 운전수에게 주소만 전하고 출발했다.

택시는 점점 산을 향해 달려갔다.

"으—음, 여긴……."

도착한 산 정상.

그곳에는 작은 교회가 있었다.

무슨 상황인지 이해하지 못하는 아리사의 손을 붙잡고서 유즈루는 그녀를 교회로 데려갔다.

"그럼 아리사. 있다가 봐."

"아, 예?"

여전히 영문을 모르는 채, 아리사는 직원으로 여겨지는 인물의 안내에 따라 안쪽으로 들어갔다.

안내받은 장소는 커다란 의상실이었다.

다양한 디자인의 웨딩드레스가 진열되어 있었다.

이곳에 와서야 간신히 아리사는 유즈루의 의도를 깨달았다.

서프라이즈 결혼식이었다.

자연스럽게 아리사의 입가가 올라갔다.

"마음에 드는 걸 고르세요."

"예!"

직원의 재촉에, 아리사는 마음에 드는 디자인의 웨딩드레스를 선택했다.

그 후, 탈의실로 안내받았다.

웨딩드레스를 입고 메이크업을 받았다.

탈의실에서 나오자 그곳에는 유즈루가 서 있었다.

회색 신랑 의상을 입고 있었다.

"놀랐어요. 이런 걸 생각하고 있었군요."

아리사가 웃으며 말하자 유즈루는 싱긋 미소를 지었다.

"놀랄 일은, 지금부터야."

그러면서 유즈루는 아리사의 팔에 자신의 팔을 감았다.

그리고 아리사를 예식장까지 에스코트했다.

결혼식장.

커다란 문이 열리고 유즈루와 아리사가 둘이서 그곳을 지나가자…….

펑!

폭죽 소리가 났다.

무심코 걸음을 멈추고서 놀라는 아리사와 싱글싱글하는 유즈루에게…….

""""결혼, 축하해!!!""""

아야카, 치하루, 텐카, 소이치로, 히지리는 만면의 미소로 그렇게 말했다.

"어, 어어?! 다, 다들, 어째서……."

"그건……."

놀라는 아리사에게 유즈루가 대답하려고 했을 때였다.

"그게, 전에 결혼식, 아리사 좀 힘들어했잖아?"

만면의 미소로 아야카가 비밀을 밝혔다.

유즈루에게 상담을 받았다는 것.

그렇다면 서프라이즈 결혼식을 하자고 반대로 제안을 한 것.

친구들과 함께 계획을 짠 것.

"그런, 가요. 고마워요…… 하지만 딱히 힘들지는 않았다고요? 전의 결혼식도 멋졌으니까."

확실히 후반부는 피곤했다.

그다지 인연이 없는 사람들에게 인사를 도는 일은 결코 즐겁다고는 할 수 없었다.

하지만 그래도 유즈루와의 성대한 결혼식이었다.

좋은 추억이었다.

"……내 자기만족이야. 너를 즐겁게 만들어주고 싶어서."

유즈루에게는 조금 부채감이 있었다.

두 사람의 결혼식인데도 집안 사정을 우선시하고 만 것.

아리사의 호의에 매달리고 만 것.

물론 아리사가 싫은 일을 참는 것은 아님을 유즈루도 알고는 있었지만…….

그럼에도 유즈루는 결혼식을 다시 하고 싶다는 마음이 있었다.

"같이 다시 올려줘. 이번에는 단둘만의, 결혼식을."

유즈루의 말에 아리사는 눈을 크게 떴다.

그리고 만면의 미소를 지었다.

""예.""

푸르게 빛나는 하늘과 바다를 배경으로 두 사람은 다시 한번 결혼식을 올렸다.

※

신혼여행을 마친 유즈루와 아리사는 일본에서 가족과 마지막 시간을 보내고 또다시 미국으로 건너갔다.

새로운 생활의 시작……이라고 해도, 사는 장소는 대학원생이었을 무렵과 변함이 없었다.

아리사는 같은 대학교의 박사 과정에 진학했으니까 계속 같은 곳에 다닌다.

변한 것은 올해부터 취직한 유즈루뿐이었다.

"……다녀왔어."

"어서 와요, 당신."

밤 아홉 시.

아리사는 직장에서 돌아온 유즈루를 현관에서 맞이했다.

식사할래요? 목욕할래요? 아니면 저?

아리사는 그런 클리셰적인 대사를 입에 담으려고 했지만 유즈루의 얼굴을 보고 그만뒀다.

생각했던 것보다도 유즈루가 지친 듯이 보였으니까.

지친 사람을 침대로 유혹할 수는 없다.

설령 그것이 농담일지라도.

"밥, 데울 테니까요. 먼저 좀 씻어요."

아리사는 유즈루에게서 코트를 건네받으며 말했다.

새로운 생활이 시작되고 벌써 2개월.

이제 곧 크리스마스였다.

"고마워."

유즈루는 짧게 그리 대답하고는 욕실로 직행했다.

유즈루가 욕조에 몸을 담그는 동안에 아리사는 식사 준비에 착수했다.

다만 유즈루에게 말했다시피 요리는 이미 완성했다.

다시 데우는 것뿐이었다.

"비프스튜인가. 맛있겠네."

목욕을 마친 유즈루는 아리사에게 말했다.

조금 전보다도 안색이 약간 나아 보였다.

아리사는 살짝 안심했다.

"예. 먹어요."

"응. ……잘 먹겠습니다."

"잘 먹겠습니다."

두 사람은 식사를 시작했다.

오늘 대학교에서 있었던 일.

직장에서 한 일.

서로에게 보고하듯, 두 사람은 대화를 나누었다.

"미안하네."

툭 하니 유즈루는 중얼거리듯이 말했다.

아리사는 비프스튜를 먹는 손을 멈췄다.

"뭐가요?"

"……너한테만 가사를 떠맡겨버리고 있잖아? 게다가 오늘도 기다리게 했고."

유즈루는 한숨과 함께 그리 말했다.

대학생, 대학원생이던 무렵, 두 사람은 가사를 분담했다.

하지만 지금은 식사도 청소도 빨래도, 아리사가 혼자서 하고 있었다.

유즈루의 귀가가 늦기 때문이었다.

그 탓에 아리사가 식사를 하는 것도 늦은 시간이 되어버린다.

"저보다도 지친 사람, 바쁜 사람한테 일을 시키진 않아요."

"……너도 힘들잖아? 공부라든지, 논문이라든지."

"지금의 유즈루 씨 정도는 아니에요."

물론 아리사도 박사 과정을 밟으며 더욱 바쁜 나날을 보내고 있었다.

하지만 유즈루와 비교하면 자유로운 시간은 많고, 융통성도 있었다.

"부부는 서로 지탱하는 법이에요. ……아닌가요?"

가사 분담은 중요하지만 평등하게 이등분할 필요는 없다.

둘 중 누군가가 몸이 안 좋거나 바쁘거나, 그렇다면 다른 한쪽이 그만큼 더 하면 될 뿐.

그것이 진정한 의미에서의 분담이라고 아리사는 생각했다.

"응…… 지금은 내가 일방적으로 기대고 있는 것 같은데……."

"유즈루 씨는 그만큼 일을 해주고 있으니까요. 그런 일은 없어요. ……유즈루 씨가 일을 하는 덕분에 저도 진학할 수 있었으니까요."

아리사가 박사 과정에 진학한다는 길을 선택할 수 있었던 것은 유즈루가 있기 때문이었다.

유즈루가 일을 하니까 안심하고 학업에 전념할 수 있다.

그것을 생각하면 유즈루의 몫만큼 가사를 더 맡는 것은 당연한 일이라고 아리사는 생각했다.

"그렇게 말해주니 고맙지만……."

"……지만?"

"둘만의 시간도 줄어들고 있잖아."

"아……."

유즈루의 말을 아리사는 부정할 수 없었다.

실제로 결혼 전보다도 둘이서 지내는 시간은 줄어들었다.

유즈루의 귀가가 늦으니까.

"저는 대학원, 유즈루 씨는 직장. ……생활환경이 변했으니까 그건 어쩔 수 없겠죠?"

그렇지만 설령 유즈루의 귀가가 이를지라도, 어차피 두 사람의 시간은 학창시절보다도 짧아지는 것은 변함이 없었다.

오히려 이제까지 같이 있는 시간이 지나치게 길었던 것이다.

"하지만, 조금 쓸쓸하니까…… 빨리 돌아올 수 있다면, 그렇게 해줬으면 해요."

아리사가 미소 지으며 그렇게 전하자 유즈루는 크게 끄덕였다.

"그래, 알고 있어. 지금은…… 일을 배우느라 가장 바쁜 시기니까. 조금만 더 있으면, 빨리 돌아올 수 있을 거야."

"무리하지는 말고요."

아리사는 유즈루를 안심시키듯이 그렇게 전했다.

일과 가정 사이에 끼어서, 괴로워한다.

유즈루의 그런 모습을 보고 싶지 않았다.

"응, 고마워."

아리사의 배려에 유즈루는 감사의 말을 전했다.

그날, 두 사람은 함께 잤다.

그저 함께 침대에 누웠을 뿐.

고요한 밤이었다.

'조금, 부족하네…….'

먼저 잠이 들어버린 유즈루의 옆얼굴을 바라보며 아리사는 내심 한숨을 내쉬었다.

아침과 밤에만 유즈루와 대화를 나눌 수 있는 것은 힘든 일이지만, 하지만 그 이상으로 달콤한 밤을 보낼 수 없다는 사실이 무척 쓸쓸했다.

조금 부족하다.

이것이 당연해지고 마는 것일까?

그렇게 생각하자 아리사는 장래가 조금 불안해졌다.

'아무리 그래도 크리스마스는 같이 보낼 수 있겠지? ……좋아, 결정했어!'

크리스마스는 잔뜩 응석을 부리고, 잔뜩 받아주자.
아리사는 그렇게 결의했다.

※

12월 24일.
그날, 유즈루는 저녁 전에는 돌아왔다.
"다녀왔어, 아리사. 약속대로 오늘은 빨리 돌아왔어!"
평소답지 않게 기쁜 듯 목소리를 높이며 유즈루는 현관문을 열었다.
그러나 아리사는 마중을 나오지 않았다.
"어서 와요. 지금 요리 중이라 눈을 뗄 수가 없어서요."
대신에 부엌에서 그런 목소리가 들렸다.
크리스마스이브니까 요리를 만드는 것이리라.
어렴풋이 그리운…… 간장풍의 향기가 났다.
"그런가. 옷 갈아입고 도와줄게."
유즈루는 큰 목소리로 그렇게 대답한 뒤, 자기 방으로 돌아갔다.
답답한 정장을 벗고 평상복으로 갈아입었다.
'그런데 무슨 요리일까? 일식인가?'
유즈루는 크리스마스이브 특별 메뉴를 상상하며 부엌으로 향했다.
"아리사, 도와줄게. 뭘 하면……."

유즈루가 부엌에 도착하자 그곳에는 앞치마를 입은 아리사가 서 있었다.

앞치마만을 입은 아리사가 그곳에 서 있었다.

속옷도 수영복도 입지 않았다.

새하얀 피부에 하얀 앞치마만을 걸치고 있었다.

"아, 아리사?!"

누드 앞치마.

그런 용어가 유즈루의 뇌리를 스쳤다.

모양 좋은 둔부가 앞치마 끈과 함께 춤추듯이 흔들렸다.

"유즈루 씨."

유즈루가 놀라서 굳어 있자 아리사는 천천히 돌아봤다.

앞치마를 밀어 올리고 아예 튀어나오는 사이즈의 가슴이 춤추듯이 흔들렸다.

그런 칠칠치 못한 모습의 아리사는 수줍은 듯 미소를 지었다.

"마침 잘 왔어요. 불을 좀 봐주겠어요?"

"어어…… 응."

시키는 대로 유즈루는 냄비 앞에 섰다.

냄비에는 알루미늄 호일로 뚜껑이 덮여 있고 무언가가 부글부글 끓고 있었다.

"이거, 무슨 요리야?"

"토란 조림이에요."

아리사의 말에 유즈루는 마음이 들뜨는 것을 느꼈다.

토란 조림이라니, 최근 몇 년은 못 먹었다.

"참고로…… 다른 요리는?"

"톤지루랑 생선구이를 만들 생각이에요. 그리고 솥밥이네요."

"좋네."

크리스마스답지는 않다.

하지만 오랜만의 일식이다.

완성되는 것이 기대되었다.

"그런데…… 그게, 아리사."

"왜요?"

유즈루는 솥밥 준비를 하는 새 신부에게 시선을 향했다.

조금 전부터 계속 아리사는 앞치마만 걸치고서 요리를 하고 있었다.

손을 움직일 때마다 그녀의 커다란 가슴이── 고등학생 시절보다도 커졌다── 흔들렸다.

이따금 앞치마와 살결 사이에서 소중한 것이 보일락 말락 했다.

빤히 쳐다볼 것은 아니라고 생각하면서도 도저히 유혹에 거스르지 못하여 보고 말았다.

"저기, 그 복장은?"

계속 신경 쓰이던 것을 물었다.

여하튼 누드 앞치마다.

오랜 동거 생활에서도 몇 번이나 본 적은 없다.

"유즈루 씨, 좋아하잖아요?"

아리사는 그러면서 앞치마 어깨끈에 손가락을 걸고 잡아당겼다.

가슴의 아슬아슬한 부분이 흘끗 보였다.

유즈루는 황급히 시선을 피했다.

"그, 그건 부정하지 않겠지만……."

"그럼, 괜찮죠?"

아리사는 그러더니 손에 질냄비를 든 채로 유즈루 쪽으로 나왔다.

유즈루는 무심코 뒷걸음질 쳤다.

아리사는 그런 유즈루에게는 눈길도 주지 않고 질냄비를 가스레인지에 세팅해서 불을 붙였다.

"생선 준비를 할 테니까요. 이쪽도 봐주겠어요?"

"어, 어어."

유즈루는 끄덕였다.

아리사의 지시대로 불을 지키며…… 이따금 아리사 쪽으로 시선을 향했다.

옆에서 보니 아리사가 움직일 때마다 소중한 부분이 보일 것만 같았다.

그것이 참을 수 없이 신경 쓰였다.

아리사도 그런 유즈루의 시선을 알아차렸는지 조리 틈틈이 유즈루 쪽을 곁눈질했다.

그때마다 유즈루는 가슴을 두근대고 말았다.

"생선 쪽은 이제 괜찮겠네요. 토란은 어떤가요?"

그릴을 들여다보며 아리사는 유즈루에게 물었다.

유즈루는 냄비가 눌어붙지 않도록 주걱으로 토란을 한창 굴리고 있었다.

"마침 물기가 없어졌어."

유즈루가 그렇게 대답하자 아리사는 냄비 안을 들여다봤다.

유즈루는 살며시 자리를 양보했다.

"보여줘요. ……괜찮은 것 같네요."

그러면서 가스레인지 불을 껐다.

젓가락으로 토란을 집어서 유즈루의 입가로 가져갔다.

"유즈루 씨, 아—앙."

"아, 아—앙……."

유즈루는 토란을 입에 넣었다.

그대로 씹자 입 안에 다정한 맛이 퍼졌다.

"어떤가요?"

"맛있어."

"그럼 완성이네요. 솥밥도…… 응, 괜찮겠어요. 차리죠."

아리사는 그러더니 유즈루에게서 등을 돌렸다.

새하얀 등과 모양 좋은 엉덩이가 유즈루의 시야에 비쳤다.

"아리사."

"예? 꺅!"

정신이 들자 유즈루는 아리사를 뒤에서 끌어안고 있었다.

아리사는 작게 비명을 터뜨리고 뒤를 돌아봤다.

유즈루는 그런 그녀의 턱을 붙잡고는 억지로 입맞춤했다.

유즈루는 욕망 그대로 아리사의 몸을 희롱하며 입 안으로 혀를 넣어 휘저었다.

"유, 유즈루 씨…… 가, 갑자기 무슨 일이에요?"

"이런 복장을 하고서, 뭘 새삼스럽게."

유즈루의 지적에 아리사는 부끄러운 듯 눈을 내리깔았다.

처음부터 '유혹할' 목적이었던 것은 명백했다.

"식사를 먼저 하죠. 식어 버린다고요?"

"……조금만, 안 될까? 못 참을 것 같아."

유즈루는 당장에라도 아리사를 덮치고 싶다는 충동에 사로잡히며, 그렇게 말했다.

최근에 아리사와는 이래저래 못 했다.

그것은 밤늦은 귀가, 그리고 피곤한 탓이었다.

하지만 그것은 욕구가 샘솟지 않아서 그런 것은 아니었다.

오히려 해소하지 못하고 그저 쌓일 뿐이었다.

"안 돼요. 디저트는 마지막에 먹어야겠죠?"

"그건 그렇지만……."

"오늘은 잔뜩, 좋은 걸 해줄 거라고요?"

아리사는 가슴을 꽉 대며 유즈루의 귓가에 그렇게 속삭였다.

유즈루는 그만 아리사를 꽉 끌어안았다.
그리고는 손을 풀었다.
"알았어."
"참을 줄 안다니 장하네요."
아리사는 스르륵 유즈루의 품에서 빠져나가며 말했다.
어린아이를 타이르는 듯한 말투에 유즈루는 쓴웃음 지었다.

식사를 시작하고 30분 뒤.
"유즈루 씨이…… 조아해요……."
아리사는 완전히 취해 있었다.
일식에 맞추어서 마신 일본주가 원인이었다.
"나도 좋아해, 아리사."
알몸에 앞치마만 걸친 상태로 축 매달리는 새 신부에게 유즈루는 그리 대답했다.
하지만 아리사는 불만스럽게 입술을 삐죽였다.
"정말인가요?"
투정을 부리는 어린아이 같은 말투로 아리사는 의심하는 말을 입에 담았다.
물론 의심하는 것은 아니리라.
단순히 유즈루를 곤란하게 만들고 싶을 뿐, 관심을 받고 싶을 뿐이었다.
"내가 아리사를 안 좋아할 리가 없잖아."

유즈루가 쓴웃음 지으며 그렇게 대답하자 아리사는 그의 가슴께를 붙잡았다.

그리고 꾹꾹 잡아당겼다.

“하지만 최근에, 전혀 해주질 않았잖아요!”

“미안, 미안. 내가 잘못했어.”

투닥투닥 자신의 가슴팍을 때리는 아리사에게 유즈루는 쓴웃음 지으며 사과했다.

실제로 하지 않았던 것은 사실이다.

피곤해서 빨리 자고 싶었으니까 굳이 아리사를 유혹하지는 않았다.

미안하다고는 느끼고 있었다.

“하지만 아리사 쪽도 유혹해주지 않았잖아?”

유즈루는 굳이 아리사에게 그렇게 물었다.

유즈루는 아리사가 먼저 유혹한다면 응할 생각이었다.

하지만 아리사가 먼저 유혹하는 일은 없었다.

물론 유즈루도 아리사의 진의는 알고 있다.

지친 유즈루를 배려해준 것이라고.

일부러 아리사를 책망한 것은 자그마한 앙갚음이었다.

“나를 좋아하지 않게 되어버린 건가, 싶었어.”

“그런 일은 없어요!”

아리사는 외치듯이 말하더니 유즈루의 입술에 자신의 입술을 꽉 댔다.

사랑을 증명하겠다는 것 같은, 깊은 키스였다.

"정말 좋아해요."
"나도 좋아해, 아리사."
"그럼 증명해줘요."
아리사는 그러면서 입술을 내밀었다.
유즈루는 그런 아리사의 턱을 붙잡고 입술을 맞댔다.
조금 전의 아리사와 마찬가지, 아니 그 이상의 사랑을 증명해 보였다.
"아리사. 슬슬 디저트, 괜찮지?"
유즈루는 아리사의 살결을 쓰다듬으며 물었다.
아리사는 작게 고개를 가로저었다.
"씻는 게 먼저예요."
아무리 취했다고 해도 그것은 양보할 수 없는 일선이었나 보다.
"그럼 욕조에서 디저트는?"
"……괜찮네요."
아리사는 작게 끄덕였다.
아리사는 저항하는 기색을 내비치지 않고 유즈루의 옷을 꽉 잡았다.
"서로 씻어줘요."
"물론 그럴 생각이야."
이리하여 두 사람은 욕실로.
그리고 그 후, 침대 안에서 달콤한 시간을 보냈다.

"디저트, 맛있었나요?"
행위가 끝난 뒤.
아리사는 유즈루의 가슴팍을 쓰다듬으며 물었다.
"그래, 최고였어."
유즈루는 그러고는 아리사의 이마에 키스를 했다.
아리사는 기쁜 듯 눈으로 호를 그렸다.
"저기, 유즈루 씨."
"왜?"
"항상 피곤할 텐데, 미안하지만요……."
아리사는 살짝 눈을 내리깔았다.
"일주일에 한 번은 하기로 정하지 않을래요? ……역시, 쓸쓸해요."
응석을 부리는 목소리로 아리사는 말했다.
유즈루는 조금 놀랐다.
아리사가 명확하게 하고 싶다는 의사를 표시하는 것은 처음이었다.
"네가 원한다면 매일이라도 할게."
유즈루는 강한 말투로 대답했다.
확실히 평소의 업무로 피곤한 것은 부정할 수 없지만…….
귀여운 아내가 요구하는데 불타오르지 않을 리가 없다.
"그, 그건 제 쪽이 못 버티니까……."
"그래? 그럼 어느 정도가 좋아?"
"……사흘에 한 번, 이라든지?"

아리사는 조심스레 유즈루에게 그리 제안했다.

"알았어. 그럼 사흘에 한 번. 사흘 치, 하는 거야."

"따, 딱히 사흘 치를 할 필요는 없지만…… 유즈루 씨?"

아리사는 당황한 표정을 지었다.

옆에서 누워 있었을 터인 유즈루가 일어났으니까.

"지금 그걸로 조금, 기분이 고양되었어."

유즈루는 그러면서 아리사 위로 몸을 뒤덮었다.

"저, 저기…… 아무리 그래도 이 이상은 체력이……."

그러면서 도망치려 하는 아리사의 두 어깨를 유즈루는 붙잡았다.

그리고 아리사의 귓가에 속삭였다.

"오늘 밤은 재우지 않을 거니까."

"앗……."

아리사의 몸에서 힘이 빠졌다.

※

미국에서의 새로운 생활이 시작되고 3년이 지났다.

"그럼 다시금, 수료 축하해. 아리사."

"예. 고마워요."

미국의 어느 고급 레스토랑에서.

두 사람은 아리사의 박사 과정 수료를 축하하고 있었다.

"구두시험에서 실수했을 때는 어떻게 될까 싶었는데, 무사히 통과해서 정말 다행이에요."

"얼굴, 새파랬지."

구두시험이 있었던 날을 떠올리고 유즈루는 쓴웃음 지었다.

대학교까지 아리사를 마중 나간 유즈루가 목격한 것은, 얼굴이 새파래진 아리사였다.

눈은 촉촉해서 반쯤 울고 있었다.

한눈에도 실패했음을 알 수 있는 얼굴이었다.

"지금 생각하면 호들갑스러웠네요. ……더듬는 실수 정도야."

아리사는 조금 부끄러운 듯 말했다.

학생이 긴장한 나머지 그런 실수를 저지르는 것은, 심사원의 입장에서는 흔한 일이다.

애당초 구두시험은 취직 활동이 아니다.

대인 커뮤니케이션 능력이 아니라 논문에 대해서, 연구 내용에 대해서 듣고 싶은 것이다.

그것만 조리 있게 설명할 수 있다면 감점 당할 일은 없다.

"나는 너라면 이러니저러니 해도 통과할 거라 생각했는데."

"…… 그랬다면 말을 해줘요."

"위로했더니 화냈잖아."

괜찮아, 괜찮아. 그만큼 열심히 했으니까.

제대로 설명은 할 수 있었잖아? 그렇다면 통과할 거야.

그렇게 위로하는 유즈루에게 아리사는 눈을 추어올리며 화를 내고, “유즈루 씨는 몰라요!”라며 호통을 쳤다.

석사 과정까지만 수료한 유즈루로서는 박사 과정이 얼마나 힘든지 이해하기 힘들었다.

그러니까 “모르는 사람한테 듣고 싶지 않다”라는 말이 나와 버리면, 더는 아무런 말도 못 하게 되고 만다.

“그건…… 그게, 유즈루 씨가 무신경했으니까.”

유즈루 씨가 잘못했다.

아리사는 그러면서 입술을 삐죽였다.

유즈루로서는 반론하고 싶은 기분은 있었지만, 지금은 축하하는 자리.

말다툼을 벌어봐야 아무 소용없다.

“어쨌든, 이제 일본으로 돌아갈 수 있어.”

“그러네요. 이쪽의 생활도 이래저래 5년인데…… 간신히.”

아리사의 박사 과정 수료에 맞추어서, 유즈루와 아리사는 일본으로 귀국할 예정이었다.

유즈루는 현재 일하는 직장을 그만두고, 본격적으로 타카세가와 가문의 가계를 잇기 위해 타카세가와 그룹 계열사로 입사한다.

아리사도 마찬가지로 일본에서 취직할 예정이다.

“아리사는 일본에서…… 어떻게 할 생각이야?”

아리사가 학문의 길을 걷고 싶어 한다는 것은 안다.

하지만 한마디로 학문이라고는 해도, 진로는 다양하게

있을 것이다.

제대로 비즈니스의 세계에 빠져 있는 유즈루는 아카데믹한 커리어를 좀처럼 상상할 수 없었다.

"으—음, 출산과 육아도 기다리니까요. 한동안은 비정규직 연구원 같은 거겠네요."

"그쪽은 부담을 줘서 미안하네."

육아는 몰라도 출산에 있어서는 유즈루가 대신해줄 수 없다.

유즈루와의 관계…… 타카세가와 가문의 사정이 아리사의 커리어에 영향을 미치는 것은, 유즈루에게는 큰 부채감이었다.

"신경 쓸 것 없어요. 어차피 그리 간단히 조교가 될 수는 없으니까. 오히려 유즈루 씨 덕분에 수입에는 걱정이 없으니까요. 느긋하게 논문을 써볼 생각이에요."

아리사는 마음 편한 태도로 말했다.

이력서에 구멍이 나지 않도록 어딘가의 대학교에 무언가의 형태로 적을 두면서 출산과 육아, 틈틈이 연구와 논문 집필을 계속한다.

육아가 차분해진 뒤, 본격적으로 연구자로서 커리어를 시작한다.

그런 인생 설계를 생각하는 모양이었다.

척척 출세하고 싶다면 "육아가 차분해진 뒤~" 같이 느긋한 소리는 못 하겠지만, 아리사의 출세욕은 낮은 듯했다.

"사요리 씨한테도 논의할게요."

"그게 좋겠네."

유즈루의 어머니—— 사요리는 대학교에서 교직을 맡고 있다.

사요리는 그야말로 아리사가 그리는 것과 같은 인생을 보낸 사람이다.

참고가 될 것이다.

세대가 다르니까 똑같이 따라 할 수는 없겠지만.

"그런데 살 곳은 어디로 할까?"

"……유즈루 씨 본가가 아닌가요?"

"아파트에서 둘이 살고, 아이도 포함해서 셋이 살 수도 있어. 한동안은."

타카세가와 차기 당주인 유즈루는, 최종적으로는 본가로 돌아가게 된다.

하지만 지금 당장 그렇게 되지는 않는다.

한동안은 단둘이서 지내더라도 불평을 들을 일은 없다.

"그렇군요. ……개인적으로는 유즈루 씨의 본가에 의지하고 싶은데요."

"어라? ……그래?"

일반적으로 남편의 본가에서 사는 것은 꺼려지는 경향이 있다.

시어머니와 얼굴을 마주하기 싫다는 것이 주된 이유다.

아리사와 사요리는 사이가 나쁘지 않은—— 오히려 좋

은 편이지만, 그래도 신경은 쓰인다.

유즈루의 본가 같은 경우에는 시어머니는커녕 조부모까지 있으니까 더더욱 그럴 터.

"육아, 도움을 받을 수 있지 않을까요. 유즈루 씨의 본가라면 가사도우미분도 계시잖아요?"

"아, 아아…… 응, 그렇구나. 그러네."

육아에 대해서 그다지 생각하지 않았던 유즈루는 황급히 고개를 끄덕였다.

생각해보면 둘이서 육아를 하는 것은 상당히 고생이다.

그 고생을 생각하면 시부모나 조부모와 사는 편이 편하다.

"게다가 사요리 씨, 대학교에서 교편을 잡고 계시잖아요?"

"어, 뭐, 그렇기는 한데……."

"친하게 지내는 게 이득이잖아요."

사요리의 연줄을 이용하고 싶다.

그런 타산도 있는 모양이었다.

무척 강인해진 아내를 보고 유즈루는 혀를 내둘렀다.

"안 되나요?"

"아니, 설마! 다들 기뻐할 거야."

"……육아에 대해서, 아무 생각 없었죠?"

"서, 설마. 그저 시어머니랑 사는 건 싫으려나 해서…… 게다가, 그게! 옛날에, 한동안은 둘이서 살고 싶다는 이야기를 했잖아!"

이전에 아리사가 유즈루의 본가에 묵으러 갔을 때.

평소의 식사 준비는 가사도우미가 한다(그러니까 아리사가 요리를 할 필요는 없다)고 들었을 때, 아리사는 복잡해 보였다.

아리사로서는 유즈루에게 자신이 손수 만든 요리를 주고 싶다는 생각이 있었으니까.

"충분히 둘이서 살지 않았나요. 아직도 부족한가요?"

아리사는 어이없어하며 대답했다.

확실히 옛날의 아리사는 요리를 잘한다는 것이 자랑이었고, 아이덴티티 중 하나였다.

유즈루를 위해서 할 수 있는 몇 안 되는 특기라고 생각했다.

그렇기에 유즈루에게 최선을 다할 기회를 빼앗기는 것은 기분이 좋지 않았다.

하지만 지금은 다르다.

물론 그것은 유즈루에게 최선을 다하고 싶다, 식사를 만들어주고 싶다는 기분이 사라졌다는 의미가 아니었다.

그 밖에도 유즈루에게 도움을 줄 방법은 있다고, 자신의 가치를 증명할 수단은 있다고, 자신감이 붙었으니까.

그러니까 가사나 육아를 유즈루의 본가에 의지하는 것에 저항감은 없었다.

오히려 자신이 아니라도 할 수 있는 일은 다른 사람에게 맡기고, 자신만이 할 수 있는 일── 남편을 유일하게 개인으로서, '타카세가와' 유즈루가 아니라 그냥 유즈루로서,

지탱하고, 사랑하고, 옆에서 함께 걷는 것에 전념하기를 바라고 있었다.

"아니, 난 충분해. 그러니까 네가 좋다면 우리 본가에서 살았으면 해."

유즈루에게 본가는 자신이 태어나고 자란 장소다.

육아는 그곳에서 하고 싶다는 마음이 있었다.

아리사가 그것에 반대하지 않는다면, 오히려 찬성한다면 유즈루가 반대할 이유는 전혀 없었다.

"그럼 결정이네요."

"응. 바로 아버지랑 어머니한테 연락할게. 틀림없이 기뻐할 거야."

한 달 뒤.

이리하여 유즈루와 아리사는 일본으로 귀국, 유즈루의 본가에서 생활을 시작했다.

아리사의 임신 사실을 알게 된 것은 그로부터 두 달 더 뒤의 일이었다.

맞선 보고 싶지 않아서
억지스러운 조건을 달았더니
동급생이 온 일에 대해서

아리사의 임신 사실을 알게 되고 3개월 정도 지났을 무렵.

이미 아리사는 배는 눈에 보이게 부풀어 있었다.

옷 위로는 알기 어렵지만, 그러나 옷을 벗으면 분명히 그곳에 생명이 있음을 알 수 있을 정도의 크기였다.

"성별, 다음 검사로 알 수 있을 것 같은데…… 유즈루 씨는 어느 쪽이 좋나요?"

아리사는 배를 쓰다듬으며 유즈루에게 물었다.

유즈루는 잠시 생각한 뒤에 대답했다.

"어느 쪽이든 좋아. 건강하게 태어나준다면 그것만으로도 기뻐."

진심에서 우러나온 말이었다.

솔직히 유즈루는 남자와 여자, 어느 쪽이든 좋다고 생각했다.

하지만 아리사로서는, 유즈루의 대답은 조금 불만이었나 보다.

"흥미, 없나요?"

"아니, 없는 건 아닌데…… 그러는 아리사는?"

"건강하게 태어난다면 그걸로 충분해요."

"너도 똑같잖아!"

유즈루가 항의의 목소리를 높이자 아리사는 즐거운 듯 웃었다.

"굳이 말하면, 남자애라면 다음은 여자애. 여자애라면 다음은 남자애가 좋겠어요."

"어—, 응. 그건 나도 알겠어."

성별이 다른 편이 육아는 더 신선할 것이다.

그만큼 '처음'도 늘어나니까 마음고생도 늘어날 것 같지만.

"하지만 정말로 희망하는 거, 없나요?"

"……그 얘기는?"

"아니, 그게…… 후계자는 남자아이 쪽이 적당하다, 그런 거요."

아리사는 머뭇머뭇하는 태도로 유즈루에게 물었다.

이러니저러니 해도 타카세가와 가문은 보수적인 구석이 있다.

뒤를 잇는 것은 남자여야만 한다.

그러니까 처음에 장남을 낳아주는 편이 안심할 수 있다.

그런 대답이 돌아올 가능성을 아리사는 생각하고 있었나 보다.

다만 그것은 기우였다.

"여자아이라도, 문제없어. ……아야카도, 여자잖아?"

"아, 그도 그랬죠."

유즈루의 대답에 아리사는 뺨을 긁적였다.
타치바나 가문이 '여자 당주'로 잘 돌아가고 있으니까, 타카세가와 가문이 안 될 이유는 없다.
"조금, 안심했어요."
아리사는 기쁜 듯 미소 지었다.
유즈루는 그런 아리사의 손을 잡았다.
"무슨 일이 있어도, 내가 지킬게."
"의지하고 있어요."
두 사람은 가볍게 키스를 했다.

※

그로부터 한 달 정도의 시간이 지났다.
"아, 지금 찼어요."
아리사는 기쁜 듯 목소리를 높이며 배를 쓰다듬었다.
이미 옷 위로도 확실하게 알 수 있을 만큼 배가 크게 부풀어 있었다.
"들어봐도 돼?"
"그래요."
유즈루는 아리사의 허가를 받아서 그녀의 배에 귀를 댔다.
영 알 수가 없었다.
"자자, 파파예요."

아리사가 그렇게 말을 건넨 순간.

통, 그런 것 같은 소리가 들렸다.

우연이라고 생각하면서도 유즈루는 아버지라 인정을 받은 기분이 들어서 미소를 지었다.

"건강한 남자아이네요. 조금 지나치게 건강하지만."

아리사는 눈으로 호를 그리며 말했다.

남자아이라도 의사가 말했을 때, 아리사는 조금 기뻐 보였다.

"건강하게 태어난다면 충분"이라고 말은 했지만, 사실은 남자아이를 원했나 보다.

"슬슬 이름을 정해야겠네요. 부르는 게 불편해요."

"흠, 그도 그러네."

이제까지는 '아기'나 '너'라고 불렀는데…….

제대로 이름으로 부르는 편이 나을 것이다.

나을 것 같다.

유즈루와 아리사는 그렇게 생각했다.

기분의 문제였다.

"타카세가와 가문 전통의 이름은, 혹시 있을까요?"

시험 삼아서 물어본다.

그런 태도로 아리사는 유즈루에게 물었다.

유즈루는 무심코 쓴웃음 지었다.

"일단 이름에 '궁(弓)'이 들어가는 전통은 있으려나."

"어, 궁? 아아—! 확실히!"

소겐(宗弦). 카즈야(和弥). 유즈루(由弦). 아유미(彩弓).

네 사람 모두 '궁(弓)' 글자가 들어 있었다.

"못 알아차렸구나."

"아, 아니, 신경을 쓰지 않았으니까……."

아리사는 겸연쩍은 듯이 눈을 피했다.

"참고로 공통점이 하나 더 있는데, 알겠어?"

"……예? 유즈루와 아유미에, 말인가요? 으, 으―응."

"힌트는 어머니."

"어머니…… 사요리(彩由) 씨? 아아! 한자도 한 글자를 받았군요!"

유즈루의 어머니 이름은 '사요리(彩由)'.

유즈루는 어머니에게서 '由'를, 아유미는 '彩'를 받았다.

그리고 유즈루의 할머니는 '치와코(千和子)'다.

유즈루의 아버지는 '和'를 받은 모양새였다.

"뭐, 그냥 관습이니까 따를 필요는……."

"멋지네요! 우리도 그렇게 하죠!!"

따를 필요는 없다.

그렇게 거들어주려던 유즈루의 목소리를 가로막고, 아리사는 눈을 반짝이며 말했다.

아내가 그것으로 괜찮다면, 유즈루로서는 이의는 없었다.

"제 이름 아리사(愛理沙)…… '愛'와 '理'와 '沙' 중 하나에 '弓'을 붙인 이름으로 한다는 거죠? '愛'나 '理'나 '沙'랑 조합

한다면."

아리사는 팔짱을 끼고서 음음, 고민을 시작했다.

"……리큐(理弓)?"

다도로 유명한 위인?

유즈루는 무심코 딴죽을 걸 뻔했다.

"음, 아리사. 그건 좀……."

"안심해요. 제가 말해놓고는 그렇지만, 이건 아니라고 생각했어요."

현대적인 이름이 아니다.

"으, 으―응…… 떠오르질 않네요. 상성, 나쁜 걸까요?"

아리사는 침울한 표정으로 말했다.

유즈루는 황급히 위로했다.

"자, 자아, 딱히 억지로 규칙에 따를 필요도 없어. 중요한 건 제대로 생각해서 짓는 거야. 그렇지?"

억지로 조합해서 괴상해지는 것보다는, 관습에 반하더라도 무난한 이름이 친족들도 쉽게 받아들일 것이다.

애당초 관습이라고 그럴 정도로 확고한 관습도 아니었다.

부자 삼대 정도의 역사밖에 없으니까.

"그도 그러네요. 폭 넓게 생각해봐요."

그날, 두 사람은 하루 종일 계속 이름을 생각했다.

※

분만에 걸린 시간은 약 열 시간 정도였다.

그동안에 유즈루는 아리사의 손을 잡고서 계속 말을 건넸다.

그런 보람이 있어서인지 아닌지 분명하지는 않지만, 모자 모두 건강했다.

"저보다 먼저 안아 봐요."

"어, 괜찮겠어?"

아리사의 말에 유즈루는 무심코 되물었다.

보통은 가장 애를 쓴 어머니가 처음으로 안는 법이리라.

그런 의식을 가지고 있었다.

"저는 이제까지 계속 같이 있었으니까요."

"그, 그래?"

그런 법일까?

유즈루는 고개를 갸웃거렸다.

그런 유즈루에게 아리사는 미소를 지었다.

"대신에 아버지로서 제대로 자각을 가지길 부탁할게요."

"마, 말 안 해도 그럴 거야."

아리사가 그렇게 못을 박아버렸기에 유즈루는 몇 번이고 고개를 끄덕였다.

그리고는 긴장의 땀으로 젖은 손을 몇 번인가 옷에 문질렀다.

그리고 몇 번인가 심호흡을 하고, 간호사에게서 갓난아기를 받아들었다.

"응, 아……."

갓 태어난 내 아이는 무척 따듯했다.

그리고 겉보기보다도 조금 무거웠다.

손바닥을 폈다가 접었다가, 반복했다.

"……아리사."

"예?"

"고마워."

유즈루가 감사의 말을 전하자 아리사는 놀란 표정을 지었다.

"갑자기, 무슨 말인가요. 정말……."

그리고…….

"천만에요."

미소 지었다.

※

유즈루와 아리사의 장남은 '마나야(愛弥)'라는 이름을 붙였다.

'愛'는 아리사에게서, '弥'는 타카세가와 가문 전통의 '弓' 글자에서.

이름 결정에는 큰 드라마라고 할 정도는 아니었지만 한바탕 말썽이 있었다.

남자아이한테 '愛'라니 어떨까?

유즈루의 어머니—— 사요리가 그런 의문을 입에 담았으니까.

규칙에 따르고 있다.

읽는 방법도 이상하지 않고, 울림도 일본풍이라 타카세가와 가문에는 딱.

"타인을 사랑하고, 사랑받고, 쑥쑥 자라라"라는, 의미도 완벽.

퍼펙트 네임이다!

그렇게 들떠 있던 유즈루와 아리사는 살짝 냉정해졌다.

듣고 보니 두 사람의 인생에서 이름에 '愛' 자가 붙은 남성은 없었다.

붕 떠 보일지도 모른다.

괴롭힘을 당할지도 모른다.

그런 걱정이 뇌리를 스쳤다.

한편 유즈루의 아버지—— 카즈야는 "신경 쓸 것 없다. 좋은 이름이야!"라며 기뻐했다.

그렇다기보다는 잔뜩 들떴다.

이유는 말할 필요도 없었다.

같은 '弥' 자가 있으니까.

자기 이름을 써주었다는 사실이 무척 기뻤을 것이다.

다만 유즈루와 아리사에게 그런 의도는 없고, "그러고 보니 같으니까 받기로 할까" 정도의 느낌이었지만…….

굳이 말할 필요는 없었다.

유즈루의 조부모—— 소겐과 치와코는 “두 사람의 아이니까 너희 마음에 들면 됐다”라는 반응이었다.

엄밀하게는 “요즘 젊은 애들의 감성은 모르겠구나……” 라는 태도였다.

말하고 싶은 것은 알겠지만, 이야기를 꺼내자면 끝이 없다.

자신들의 감성은 이미 낡아빠졌다.

그러니까 젊은 애들한테 맡기겠다는 판단이었다.

찬성 1, 중립 2, 반대 1.

바꾸어야 할 것인가, 그렇게 고민하는 유즈루와 아리사의 등을 밀어준 것은, 유즈루의 동생—— 아유미였다.

“우리 반에, 남자인데 『愛』가 붙은 아이, 있었어.”

드물지만 없지는 않다.

그렇다면 문제없을 것이다.

그렇게 판단한 유즈루와 아리사는 자신감을 가지고 장남에게 마나야라는 이름을 붙였다.

※

그렇게 마나야가 태어나고 약 2개월.

“응애애애애애애!!”

오늘도 기운차게 울음을 터뜨렸다.

“아—, 그래그래. 마나야. 똥이니? 오줌이니? ……둘 다 아니구나? 배고프니? 하지만 조금 전에 먹었으니까…….”

유즈루는 마나야를 안아 들고 달래었지만, 전혀 울음을 그칠 기미가 없었다.

잠시 후, 장지문이 열리는 소리와 함께 전통 복장을 입은 아리사가 찾아왔다.

“똥인가요? 오줌인가요?”

“둘 다 아닌 것 같아.”

“그럼 틀림없이 가슴이네요.”

“아니, 좀 전에 먹였는데…….”

곤혹스러워하는 유즈루에게서 아리사는 마나야를 받아 들었다.

그리고 커다란 가슴을 꽉 대듯이 안고서 달랬다.

“아—, 우—…….”

그러자 마나야는 간단히 울음을 그쳤다.

조금 전, 유즈루의 품속에서 칭얼대던 것이 거짓말처럼.

“마나야는 누구랑 닮아서, 가슴을 정말 좋아하네요.”

“아니, 말도 안 돼.”

우연이겠지.

그렇게 생각하며 유즈루는 마나야를 아리사에게서 받아 들고 다시금 안아 들었다.

그러자 마나야는 눈——아리사와 같은 비취색 눈동자다——을 끔벅거렸다.

“응애애애애!!”

이게 아냐!

마치 그러듯이 크게 울었다.

"……."

유즈루는 슬픔을 느끼며 아리사에게 마나야를 넘겼다.

가슴에 감싸인 마나야는 또다시 만족스러운 표정을 지었다.

"장래가 걱정이야."

"후후, 그러네요. 약혼자로 거유 여자애를 원하는 아이로 자라진 않았으면 좋겠어요."

아리사는 마나야의 머리를 다정하게 쓰다듬었다.

조금씩 자라기 시작한 머리카락은 유즈루와 같은 검은색이었다.

"……아리사. 이 이야기는 가능하다면 애한테는 비밀로 해줘."

"그건 유즈루 씨의 평소 행실에 달려 있어요."

※

유즈루와 아리사의 장남, 마나야가 태어나고 5년 정도가 지났다.

그날, 유즈루는 아내와 아이들을 데리고 동물원까지 드라이브를 왔다.

왜건 차량을 주차장에 세웠다.

"도착했다……."

이미 지쳐 보이는 표정으로 유즈루는 말하고 뒷좌석 문을 열었다.

다음 순간.

"나, 1등!!"

무언가가 뒤에서 로켓 같은 기세로 튀어나갔다.

조금 늦게 유즈루의 아내── 아리사가 황급히 뛰어나갔다.

"아아!! 이 녀석, 기다리렴!! 위험하잖니!!"

도로로 튀어 나갈 뻔했던 아들── 타카세가와 마나야를 아리사는 그 직전에 붙잡았다.

"하지만……."

멋대로 튀어나가지 않는다. 달려가지 않는다. 혼자 어디로 가지 않는다.

항상 타이르던 말을 깨버린 마나야는 바로 변명을 시작하려고 했다.

"동물원이 도망치거나 그러진 않으니까. 조금 더 차분하게. 이제 오빠잖니. 동생들한테 좋은 모습을 보여줘."

휴일에 놀러 나와서 잔소리를 하지는 않겠다.

그렇게 결심했던 아리사는 마나야의 머리를 쓰다듬으며 다정하게 타일렀다.

"예─."

"짧게 예, 겠지?"

"예."

"잘했어."

아마도 이해 못 했을 테지.

아리사는 내심 그렇게 생각하면서도 마나야의 손을 단단히 붙잡았다.

그리고 느긋이 차에서 내린 유즈루를 보고 아리사는 눈을 추어올렸다.

"당신! 갑자기 열지 말라고요!!"

"미, 미안해……."

유즈루는 아리사에게 꾸벅꾸벅 머리를 숙였다.

아리사는 아이가 태어난 뒤로 잔소리가 늘었다.

외모는 미인에다 귀여워서 과거와 변함이 없으니까 화내는 모습은 조금 귀여웠다.

다만 그것을 말로 꺼낼 정도로 유즈루는 어리석은 남편이 아니었다.

"자, 자…… 파파도 반성하고 있으니까. 용서해줘."

"훗…… 어디서 배운 거니, 그거?"

생각하지 않았던 마나야의 중재에 아리사는 웃음을 터뜨렸다.

한편 유즈루는 가볍게 웃으며 마나야의 머리를 가볍게 툭 때렸다.

"정말이지, 누구 때문에 혼나고 있는 것 같냐고."

"남 탓을 하면 안 돼요."

"어…… 응, 그렇구나."

아무리 그래도 아이를 상대로 받아칠 수도 없었다.

유즈루는 쓴웃음 지으며 마나야의 머리를 쓰다듬었다.

한편 아리사는 배를 잡고서 웃고 있었다.

"파파, 아직이야?"

문득 차 안에서 불만스러운 목소리가 들렸다.

그쪽을 봤더니, 그곳에는 어린이 시트에 얌전히 앉아 있지만 뾰로통하게 불만스러운 표정인 여자아이가 있었다.

아리사와 무척 닮은 아마포 색 머리카락에 유즈루와 닮은 벽안인, 인형처럼 귀여운 여자아이였다.

유즈루는 허둥지둥 차로 돌아갔다.

"어, 미안, 미안. 자……."

유즈루는 세 살치고는 말을 잘 듣는, 어른스러운 장녀 ── 타카세가와 유리를 어린이 시트에서 풀어줬다.

"응—, 안아줘!!"

"예예. 자!"

"꺄!"

유즈루는 유리를 안아 들었다.

그리고 기세 좋게 빙글 돌렸다.

그러자 유리는 기쁜 듯 목소리를 높였다.

유리는 세 살치고는 조용하고 차분하게 보이지만, 사실은 응석받이 여자아이였다.

"자……."

일단 기분이 풀린 장녀를 유즈루는 아리사에게 맡겼다.

그리고 또 하나, 새근새근 잠든 여자아이에게 시선을 옮겼다.

머리카락은 검은색. 감고 있는 눈꺼풀 아래에는 비취색 눈동자.

한 살이 되는 차녀── 타카세가와 유사였다.

유즈루는 그녀를 깨지 않도록 조심스럽게 안아 들었다.

그리고는 조립한 유모차에 실었다.

"빨리, 빨리!!"

"……음."

"조금만 더 기다려."

당장에라도 폭발할 것 같은 마나야와 유리를 아리사는 달랬다.

그동안에 유즈루는 서둘러서 짐을 짊어졌다.

"그럼 갈까."

""응!!""

유즈루는 유모차를 밀며.

아리사는 마나야와 유리의 손을 잡고서 걷기 시작했다.

최대한 손을 놓지 않는다.

손을 놓더라도 눈은 절대로 떼지 않는다.

그것이 유즈루와 아리사가 5년 동안의 육아에서 배운 것이었다.

특히 장남 마나야는 손을 놓으면 달려가 버리고, 눈을

떼면 어딘가로 사라진다.

이제까지 큰일이 벌어진 적은 없고 어느샌가 태연한 표정으로 돌아오지만, 유즈루와 아리사의 입장에서는 심장에 좋지 않았다.

그래서 두 사람은 각자 아이들을 분담하며 동물원을 돌았다.

아리사는 마나야를 감시.

유즈루는 아직 다행히도 뛰지 못하는 한 살 유사와, 비교적 얌전한 유리를 돌본다.

동물원을 돌기 시작하고 아직 30분도 안 되었을 무렵.

"저기, 빨리, 빨리!!"

벌써부터 마나야가 칭얼거리기 시작했다.

언제까지 같은 동물을 보고 있을 거냐, 빨리 해라.

그렇게 부모를 재촉했다.

"그럼 유리. 슬슬……."

"싫어! 아직 더 볼래!!"

한편 유리는 아직 동물을 보고 싶다며 고개를 가로저었다.

유리는 평소에는 얌전하지만 이렇게 보여도 고집이 셌다.

자기 의견은 절대로 양보하지 않았다.

"그럼 팀을 나눌까요. 정오까지 공원에서 집합하는 걸로."

"그렇게 할까."

두 사람은 장남과 장녀, 각각의 페이스에 맞추어서 동물원을 돌아보기로 했다.

마나야가 잡아끄는 모양새로 떠나는 아리사를 유즈루는 배웅했다.

그리고 유리와 함께 행동했다.

그녀는 마나야와 달리, 동물이 찬찬히 보고 싶은 타입인 듯했다.

빤—히 보거나, 간판을 읽어달라며 유즈루에게 조르기도 했다.

유모차를 밀면서 이동해야만 하는 유즈루의 입장에서는 이렇게 느린 페이스가 고마웠다.

"유리. 슬슬 마마랑 만나러 가자."

"어—."

유리는 아직 부족한 모양이었다.

유즈루로서는 아이의 흥미와 관심을 우선시해주고 싶었다.

그렇지만 이번에는 사정이 있었다.

"점심 먹으러 가자. ……빨리 안 가면 마마랑 오빠가 다 먹어버린다고?"

아무리 그래도 마나야가 전부 다 먹어버릴 일은 없겠지만, 기다리게 만든다면 마나야는 심통을 부릴 것이다.

게다가 유사의 이유식은 아리사가 가지고 있었다.

유리의 사정에 맞추다가 유사의 점심을 빼먹을 수는 없었다.

"그건 안 돼!"
"그럼 갈까?"
유즈루의 말에 유리는 떨떠름한 태도로 끄덕였다.
그리고는 양손을 크게 벌렸다.
"안아줘!"
"안아달라고……."
말을 듣는 대신에 안아달라.
그런 요구였다.
하지만 유즈루는 지금 유모차를 밀고 있었다.
"업으면 안 되겠니?"
"그것도 괜찮아."
교섭 성립.
유즈루는 유리에게 등을 내밀었다.
유리는 유즈루의 등으로 팔짝 뛰어올랐다.
"그럼 단단히 붙잡으렴."
"응!"
유즈루는 유리를 등에 업고서 이동을 개시했다.

※

"자, 브로콜리도 먹어. 토마토만 먹지 말고."
"싫어!"
아리사의 말에 유리는 도리도리 고개를 내저었다.

그 옆에서는 마나야가 덥석덥석 사과를 먹고 있었다.

디저트를 먹고 싶다면 한 입이라도 괜찮으니까 채소를 먹는다.

일단은 그런 규칙이었다.

"자, 저것 봐. 유사는 먹고 있잖니?"

아리사는 그러면서 유사 쪽을 봤다.

그녀는 이유식을 한참 먹고 있었다.

손에는 자기 숟가락을 들고, 이유식을 마구 휘젓고 있었다.

한편 유사를 무릎 위로 안고 있는 유즈루도 유아용 숟가락을 들고 있었다.

"유사, 아—앙."

"아—앙."

유즈루가 말을 건네자 유사는 크게 입을 벌렸다.

유즈루는 유사의 입에, 부드러워질 때까지 푹 끓인 브로콜리를 넣었다.

"응—!"

유사는 양팔과 양다리를 기쁜 듯 바동바동했다.

유사는 음식을 가리지 않았다.

무엇을 먹어도 기뻐했다.

"자기가 먹는 거 아니잖아!"

유리는 입술을 삐죽였다.

유리의 말에 유즈루와 아리사는 무심코 쓴웃음 지었다.

유사가 직접 먹지 않는 것은 아직 숟가락을 제대로 쓰지 못하니까.

일단 훈련을 위해서 숟가락을 들려주기는 했지만 실제로는 그저 가지고 노는 도구였다.

다만 가끔씩 먹을 생각이 들어서, 스스로 입으로 옮길 때도 있지만…….

"아—앙, 하면 먹을래?"

아리사가 가볍게 웃으며 묻자 유리는 눈을 크게 떴다.

그리고는 부끄러운 듯, 고개를 작게 끄덕였다.

"먹을래……."

"자, 아—앙."

"아—앙."

유리는 눈을 꽉 감으며 브로콜리를 입에 넣고 이로 씹었다.

몇 번인가 씹고는 삼켰다.

그리고 마지막으로 물통의 물을 마셨다.

"나, 유사보다 대단해?"

"대단해, 대단해."

아리사는 유리의 머리를 다정하게 쓰다듬었다.

유리는 만족스러운 표정을 짓고는 아리사에게 물었다.

"사과, 먹어도 돼."

"그럼."

유리는 희희낙락한 표정으로 자기 몫의 사과를 먹기 시

작했다.

한편 마나야는 그런 아리사와 유리의 대화를 가만히 지켜보고 있었다.

"……마나야도 먹여줄까?"

"더 줘!"

아리사의 물음에 마나야는 자기 도시락을 가리켰다.

조금 전까지 들어 있던 사과는 없어져서 텅 비어 있었다.

먹여달라는 것도 아니고, 응석을 부리려는 것도 아니고, 그저 더 먹고 싶을 뿐인가 보다.

사랑보다는 식욕이었다.

"으—음, 더 먹겠다고……."

"뭐, 괜찮지 않을까? 내 걸 줄게."

"이 다음에 아이스크림도 먹을 거잖아요. 제대로 저녁을 먹을 수나 있을까……."

"그럼 늦게 먹으면 되잖아."

유즈루의 말에 아리사는 끄덕였다.

"그러네요. 그럼 파파 걸 줄게요. 자, 고맙다고 해야지."

"고마워!"

"응, 더 자라면 꼭 갚아야 된다."

마나야는 유즈루의 도시락을 열고는 제멋대로 반찬이랑 디저트를 먹기 시작했다.

마나야는 가리지 않고 뭐든 먹지만, 그러나 취향 자체는 있었다.

평범한 아이와 마찬가지로 육류나 단것은 좋아하고, 한편 채소는 그다지 좋아하지 않았다.

“조금은 남겨달라고?”

“응!”

마나야는 닭튀김을 전부 먹고서 끄덕였다.

이리하여 유즈루의 도시락에는 채소만이 남았다.

이후로도 유즈루와 아리사는 아이들과 함께 놀았다.

특히 아이들에게 호평이었던 것은 동물을 만질 수 있는 코너였다.

병아리랑 토끼, 모르모트 등등, 집에서는 만질 수 없는 동물을 만질 수 있어서 즐거워 보였다.

대신에 온몸이 털투성이가 되었지만…….

“셋 다 잠들어 버렸네요.”

“덕분에 살았어. ……차 막히는데 시끄럽게 굴면 견딜 수가 없잖아.”

돌아가는 차 안에서.

유즈루와 아리사는 목소리를 낮추어 대화를 나누었다.

사고인지 공사인지, 정체의 영향으로 발이 묶였다.

정체를 좋아하는 아이는 그리 많지 않다.

조용히 잠들어 있는 것은, 유즈루와 아리사에게는 고마운 일이었다.

“……밤에도 잠을 잔다면 좋을 텐데요.”

“어—, 응. 뭐, 그건 돌아가서 생각하자고.”

아리사의 걱정에 유즈루는 쓴웃음 지었다.

아마도 집으로 돌아갈 무렵에는 기운이 넘칠 터.

그렇게 생각하니 마음이 무거웠다.

“하지만, 그립네요.”

“……뭐가?”

“그게, 옛날에도…… 처음 갔을 때, 차가 막혔잖아요.”

“아, 그러네.”

오늘 온 동물원은 두 사람에게 처음이 아니었다.

사실은 대학생 시절, 드라이브로 방문한 적이 있었다.

“아이랑 올 때의 예습…… 같은 이야기를 했지.”

“후후, 그러네요. ……그다지 참고가 되지는 않았지만.”

“그러게. ……이렇게나 힘들 줄은 몰랐어.”

“정말이에요. 특히 동물 산책이라든지…… 엄청났죠.”

동물원에는 염소나 토끼를 산책시킬 수 있는 서비스가 있었다.

이번에 그것을 이용해봤는데…….

다섯 살과 세 살 아이로서는 제대로 산책을 시킬 수가 없었다.

마나야도 유리도 도중에 질려버려서 내팽개치는 꼴이었다.

“당분간 저 동물원은 안 가도 되려나…….”

“그러네요. 유사가 좀 더 자란 다음에 가요.”

"……그건 그것대로 더 고생하지 않을까?"

"그 무렵에는 마나야랑 유리가 지금보다는 조용해지겠죠. ……아마도."

유즈루의 물음에 아리사는 눈을 피했다.

유리는 몰라도 마나야가 조용해지는 미래는 보이지 않았다.

"그러고 보니 떠올랐는데. 그때 말이지."

"예?"

"돌아가는 길에 호텔, 들렀지?"

"뭘 떠올리는 건가요."

유즈루의 말에 아리사는 웃음을 터뜨렸다.

"아니, 즐거웠구나 싶어서."

"부정하진 않겠지만요……."

"뭣하면 다음에 가볼까?"

"어—, 아니, 하지만 아이들이……."

"부모님한테 맡기면 되잖아. 하룻밤 정도는 괜찮겠지."

"으, 으—응, 그, 그러네요……."

두 사람이 그런 대화를 나누는데…….

"파파랑 마마, 어디 가?"

뒤에서 아들의 목소리가 들렸다.

유즈루와 아리사는 무심코 등줄기를 쫙 폈다.

"아, 아니, 어디도 안 간다고?"

"너희를 두고 갈 리가 없잖아요."

"거짓말이야! 지금 그랬는걸! 호텔이라고…… 있지, 어디 가? 데려가 줘!"

"그러니까 안 간다고……."

유즈루와 아리사는 어떻게든 얼버무리려고 했다.

"……응, 벌써 도착했어? 앞으로 몇 분?"

"으아—앙!!"

시끄러운 탓인지 유리가 깨고 유사가 울기 시작했다.

어디로 가느냐고 묻는 아들.

언제 도착하느냐고 칭얼대는 딸.

그리고 영문도 모르고서 우는 막내.

돌아가는 차 안에 지옥도가 펼쳐졌다.

맞선 보고 싶지 않아서
억지스러운 조건을 달았더니
동급생이 온 일에 대해서

맞선보고 싶지 않아서 억지스러운 조건을 달았더니 소꿉친구가 온 일에 대해서

"마나야, 맞선은 흥미 없어?"

"어어—?!"

어느 날 아침.

유즈루는 열다섯 살, 고등학교 1학년이 된 아들에게 물었다.

마나야는 흑발에 비취색 눈동자의 미소년으로 자랐다.

성격은 옛날과 변함없이 활발한 남자아이였다.

다만 철이 들어서 사려가 깊어졌다.

"딱히 여자한테 흥미 없는데."

"그러니? 중학생 시절에는 번갈아서 사귀지 않았던가."

"번갈아서라니…… 고백을 받았으니까 사귀었을 뿐이야."

아리사와 닮아서 미형으로 자란 마나야는 유즈루보다도 여자한테 인기가 있었다.

그러니까 연애 경험도 있고 애인도 있었다.

과거형인 것은 최종적으로 차였으니까.

마나야는 애인보다도 자신을 우선시하는 타입이었다.

데이트보다도 게임을 하거나 친구와 노는 것을 우선시했다.

그런 느낌이니까 결국 “생각했던 거랑 달라”라며 여자 쪽에서 떠났다.

“이젠 배웠거든. 귀찮을 뿐이라고.”

“그럼 귀찮지 않은 여자라면?”

“끈질기네…….”

유즈루의 추궁에 마나야는 불만스러운 표정을 지은…… 그때.

“아버님. 저는 키 크고 미남인 남자가 좋아요.”

아마포색 머리카락에 벽안의 미소녀가 입을 열었다.

올해 중학교 2학년이 된 장녀, 유리였다.

옛날부터 차분하던 유리는, 제멋대로이고 응석받이인 아가씨로 자랐다.

평소에는 수고가 들지 않지만, 가끔씩 나오는 고집이 버거울 때가 있었다.

“음, 유리는 아직 맞선은 좀 이르지 않을까…….”

“빠른 편이 제대로 찾을 수 있다고요?”

“으음, 부정하진 않겠다만…….”

“키 크고 미남에 고학력으로. 저를 가장 우선으로 생각해주는, 왕자님 같은 남자가 좋아요.”

“주문이 세세하구나…….”

유즈루는 무심코 미간을 찌푸렸다.

본심을 말하자면 유즈루는 아직 유리에게 결혼 이야기를 꺼낼 생각은 없었다.

딸을 시집보내고 싶지 않으니까.

계속 수중에 두고 싶다.

"하지만 아버님은 이것저것 조건을 붙여서 어머님을 소개받았잖아요? 금발에 거유에 얌전한 여자라든지……."

"누구한테 들었어?!"

유리의 말에 유즈루는 눈을 크게 떴다.

딸에게만큼은 알리고 싶지 않은 이야기였다.

곧바로 유즈루는 아리사 쪽을 봤다.

아리사는 쓴웃음 지으면서도 고개를 가로저었다.

자신은 이야기하지 않았다고.

"작년에 돌아가신, 증조할아버님께서 이야기해 주셨어요."

"그 영감……."

유즈루의 할머니는 5년 전에.

그리고 유즈루의 할아버지는 작년에 돌아가셨다.

슬프지 않다는 것은 아니지만, 그러나 충분히 오래 살았다.

호상이기도 해서 유즈루도 금세 죽음을 받아들일 수 있었다.

"있죠, 아버님. 괜찮죠?"

"하아…… 알았어. 그럼 종이든 뭐든 조건을 정리해둬. ……말해두겠다만, 희망 사항에 맞출 수 있을지는 모른다고?"

"저도 왕자님이 흔해빠졌다고 생각하진 않아요."

그렇게 말하면서도 유리는 기대에 찬 눈으로 유즈루를 바라봤다.

마나야와 달리 이성에게 흥미가 있는 것은 좋지만, 주문이 세세한 것은 문제였다.

"후아아…… 아침부터 뭐하는 거야?"

자식 둘과 대화를 나누고 있었더니, 여자아이가 하품을 하며 방으로 들어왔다.

흑발에 비취색 눈동자의 여자아이였다.

칠칠치 못하게 유카타를 입고 있었다.

팬티가 훤히 보였다.

"유사! 옷 제대로 입으렴."

아리사는 차녀, 유사를 흘겨보며 말했다.

옛날부터 마이페이스인 그녀는 단정하지 못한 여자아이로 자라고 말았다.

유즈루와 아리사의 나쁜 점을 모은 것 같은 아이였다.

두 사람에게는 최근의 고민거리였다.

"뭐 어때, 가족밖에 없으니까."

"가족이라도, 남자 앞에서 그러면 안 돼!"

아리사는 성큼성큼 유사에게 걸어오더니 조금 억지스럽게 옷매무새를 다듬었다.

유사는 득의양양한 표정을 지었다.

"뭐 어떤가요."

"대체 무슨 생각이니!"

아리사는 유사의 머리를 찰싹 때렸다.

※

저녁.

학교에서 돌아온 아들을 유즈루는 자기 방으로 불렀다.

"오늘 아침 이야기 말인데, 흥미는 없니?"

"없는데?"

즉답하는 마나야를 보고 유즈루는 쓴웃음 지었다.

"뭐, 그런 말 말고. 내 체면 좀 세워준다, 생각하고."

"나, 고등학생이라고? 너무 이르잖아?"

마나야의 말에 유즈루는 끄덕였다.

"알고 있어. 시험 삼아서 말이야, 시험 삼아서. 딱히 나는 상대가 누구라도 괜찮아. 제대로 일반상식이 있는 여자와 결혼해준다면, 그걸로 됐다."

"파혼이 되어도 상관없다는 거지?"

"물론이야. 나중에 그만둬도 돼. 아직 고등학생이니까."

유즈루로서는 여자에게 흥미를 가져준다면 족했다

최종적으로 결혼해서 아이를 만들어준다면, 부모로서는 충분했다.

"흐—응, 그럼 조건을 붙여도 돼?"

"그럼."

“억지스러운 조건이라도?”

“들어줄 수 있는 범위라면.”

유즈루의 말에 마나야는 조금 고민하는 모습을 내비친 뒤, 입을 열었다.

“차분하고, 단아한 느낌이 좋으려나.”

“어머니처럼?”

유즈루가 묻자 마나야는 미간을 찌푸렸다.

“어머니는 잔소리가 많잖아…….”

“옛날에는 그렇지도 않았어. 계속 소극적이고, 자기주장이 없어서.”

“말도 안 돼.”

지금의 아리사는 유즈루나 아이들을 이래저래 꾸짖는 여성이다.

하지만 옛날에는 소극적이고 유약한 인상이었다.

다만 마나야는 유즈루와는 달리, ‘잔소리 많은 어머니’밖에 모른다.

“그리고, 시끄럽지 않은 애가 좋아.”

“어른스러운 아이라는 걸까?”

“어른스러운 아이라도 시끄러운 애는 시끄럽잖아. 유리라든지. ……그런 게 아니라, 사적인 영역에 간섭하지 않는 아이야.”

“흠, 그렇구나.”

역시나 마나야는 간섭당하는 것이 싫은 듯했다.

옛날부터 그는 그런 아이였다.

"으―음, 역시나 데이트 같은 건 귀찮으니까. 그런 걸 딱 잘라서 받아들일 수 있는 아이가 좋아."

"……그렇군."

결국에 마나야는 연애를 하고 싶지 않은 것이리라.

조금 전부터 '좋아하는 여자애'의 타입보다는 오히려 '연애를 안 해도 되는 여자애'를 원하는 것처럼 들렸다.

"취향인 외모를 가르쳐주지 않겠어?"

유즈루는 방향성을 바꾸기로 했다.

어떤 남자라도 좋아하는 외모 정도는 있는 법이다.

마나야도 애인은 필요 없다고 그러면서도 성욕은 있을 것이다.

유즈루는 알고 있었다.

그가 밤중에 몰래 인터넷으로 이것저것 보고 있다는 사실을.

……물론 지적하거나 그러지는 않겠지만.

"귀여운 아이가 좋겠네."

"그건 뭐, 그렇지."

"그리고…… 스타일 좋은 아이가 좋아."

"너는 옛날부터 가슴을 좋아했으니까."

"……이야기한 적 있었던가?"

"갓난아기 때부터, 너는 아리사 가슴에 감싸이면 울음을 그치는 아이였다고."

유즈루가 웃으면서 말하자 마나야는 기분 나쁜 듯 미간을 찌푸렸다.

"단순히 배가 고팠을 뿐인 거 아냐? 그건. ……뭐, 상관은 없는데."

"그래서, 다른 조건은? 설마 금발이 좋다고 그러진 않겠지?"

"으—음…… 그런 계열의 머리카락은 어머니랑 유리 얼굴이 생각나니까 싫은데……."

"어, 그래?"

색소가 옅은 머리카락은 좋아하지 않나 보다.

그렇지만 이것은 유즈루에게는 마침 잘 된 이야기였다.

후보가 늘어나니까.

"그리고 엉덩이가 큰 편이…… 타입일까."

"호오?"

"치마라든지 바지라든지. 앉았을 때에 박력이 있으면, 역시 이렇게, 확 오거든."

"이해가 되네."

마나야의 말에 유즈루는 끄덕였다.

유즈루의 맞장구에 기분이 좋아졌는지, 마나야의 입은 조금씩 수다스러워지고 있었다.

"살이 찐 건 싫어. 선이 가는 느낌의 아이가 좋아. 하지만 허벅지는 살집이 있는 편이 야하게 느껴져."

"모를 것도 아니네."

"머리카락은 갈색이 좋겠네. 밝은 느낌의 분위기로."

"헤어스타일은?"

"세미롱 정도일까?"

거기까지 이야기하고는, 마나야는 가볍게 헛기침을 했다.

"……아무리 그래도 그런 아이, 그렇게 간단히 찾진 못하겠지?"

"간단하지는 않지만, 찾아보면 없진 않겠지."

"흐—응."

"뭐, 기대하고 있도록 해."

"……아직 받아들이겠다고 하진 않았으니까."

"알고 있어."

이리하여 그날의 이야기는 끝났다.

"그런 느낌인데, 어떻게 생각해?"

"예? ……취향이 참 세세하네요."

마나야의 타입을 정리한 서류를 훑어본 아리사는 작게 한숨을 내쉬었다.

"뭐, 내가 억지로 물어보기도 했으니까."

"그도 그렇지만, 그래도…… 거유에 엉덩이가 큰 아이라니, 누굴 닮은 건지."

아리사는 그러면서 유즈루를 뾰로통하게 흘겨봤다.

유즈루는 쓴웃음 지었다.

"절반은 너잖아?"

"……뭐, 저도 취향인 남성의 타입은 좁은 편이었으니까 부정하진 않겠지만요."

아리사는 책상 위에 놓아둔 서류——유리가 제출한 것——로 흘끗 시선을 향했다.

조금 전까지 아리사는 이것을 보면서 "대체 누굴 닮았는지……"라며 머리를 부여잡고 있었다.

짚이는 바가 있을 것이다.

"그런데 유즈루 씨. 후보, 있나요?"

"……없지는 않아."

"호오, 누군가요?"

"이 아이."

유즈루는 그러면서 휴대전화를 아리사에게 들이밀었다.

그곳에는 사진이 한 장 있었다.

유즈루와 아리사가 아는 여성과, 그 옆에 전통 복장을 입은 여자아이가 서 있었다.

"최근에 어때? 라면서 보냈는데."

"호오, 오랜만에 보는데…… 옆에 있는 거, 저 아인가요? 무척 자랐네요. ……확실히 가슴도 크고."

"뭐, 그건 노코멘트로."

아내 앞에서 아내 친구 딸의 가슴 크기를 품평할 만큼, 유즈루는 상식이 없지 않았다.

"하지만 잘 될까요? 그 아이랑…… 옛날에 싸웠잖아요?"

"서로 어렸으니까. 이제는 자랐으니…… 아마도 변하지

않았을까?"

"그런 걸까요?"

아리사는 회의적이었다.

애당초 아리사는 아이들의 '맞선'은 그다지 내키지 않았다.

유즈루와의 만남이 '맞선'이라는 것은 인정하지만, 그래도 그다지 좋은 인상을 품고 있지는 않았다.

반면에 유즈루는 의욕이 있었다.

유즈루는 아리사와는 달리 '맞선'에는 긍정적이었다.

게다가 '그녀'와의 혼담은 타카세가와 가문에게도 이익이 된다.

그런 타산도 조금은 있었다.

"상성이 나쁘다면 그냥 그만두면 돼. 적어도 친구 사이로는 돌아왔으면 하니까."

"확실히 그도 그러네요. 이야기, 해볼까요."

내키지는 않지만 반대할 정도의 이유는 없었다.

그런 느낌으로 아리사는 수긍했다.

※

"하아, 귀찮네."

'맞선' 당일.

마나야는 무심코 중얼거렸다.

아버지의 감언이설에 그만 넘어가서 이래저래 여자 취향에 대해 이야기하고 말았다.

그 탓에 맞선을 받아들이는 꼴이 되어버렸다.

물론 자기 취향에 딱 맞는 여자라고 들어서 흥미가 없지는 않지만…….

'애인, 약혼자인가…… 역시나 귀찮은데.'

마나야는 속박당하는 것이 싫다.

그래서 타카세가와 가문의 후계자가 되고 싶다는 생각도 없었다.

동생한테 의욕이 있다면 그쪽으로 양보할 생각이었다.

"그립네요. 우리도 여기서 만났죠."

"그러네. 그러고 보니, 옛날의 너는 완전히 죽은 눈빛이었지."

"그때는 이래저래 비관적이었죠."

부모님은 자신을 내버려 두고 추억에 빠져 있었다.

아무래도 두 사람은 여기서 만나서 결혼에 이르렀나 보다.

'처음부터 상성이 좋았을 테지.'

저 나이가 되어서도 알콩달콩하는 두 사람이다.

옛날에는 정말 굉장했을 거라고 마나야는 멋대로 상상했다.

"이쪽입니다."

요정 종업원은 그러면서 장지문을 열었다.

마나야와 그의 부모는 안내에 따라서 일본식 방으로 들어갔다.

그곳에는 이미 상대가 앉아서 기다리고 있었다.

'어라? 어디선가…….'

한 사람은 차분한 색깔의 기모노를 입은 갈색 머리카락의 여성이었다.

생글생글 기분 좋아 보이는 표정을 짓고 있었다.

마나야의 부모와 마찬가지, 그녀에게 이 혼담은 무척 기쁜 일인가 보다.

그리고 그 옆에는 갈색 머리카락의 귀여운 여자아이가 앉아 있었다.

화사한 기모노가 잘 어울렸다.

언뜻 보기에 가슴도 컸다.

타입에 가까웠다.

다만 표정은 무척 퉁명스러웠다.

원해서 온 것이 아니다.

그런 표정이었다.

뾰로통한 그 얼굴을 보고 마나야는 간신히 떠올렸다.

"우에니시 코하루예요. ……처음 만나는 건, 아니죠?"

싸우고 헤어졌을 터인 소꿉친구는 그러면서 마나야에게 인사했다.

10분 뒤.

마나야는 코하루와 크게 싸우고, 이 '맞선'은 실패로 끝났다.

10년 뒤, 일본 최고의 잉꼬부부라 불리게 되는 두 사람은 이렇게 만났다.

맞선 보고 싶지 않아서
억지스러운 조건을 달았더니
동급생이 온 일에 대해서

후기

오랜만입니다. 사쿠라기 사쿠라입니다.

8권 발매로『맞선 억지』는 무사히 최종권을 맞이했습니다.

원래 본 작품의 끝은 '고등학교 졸업식'부터 몇 년을 뛰어넘어서 '결혼식'으로 완결을 낼 생각이었습니다.

다만 인생은 고등학교 졸업 후, 결혼을 한 다음이 더 기니까, 그것을 전부 묘사하지 않는 것은 '맞선'이 테마인 작품으로서는 좋지 않겠다며 생각을 바꾸었습니다. 그래서 고등학교 졸업 후, 결혼 후의 에피소드를 가필하기로 했습니다.

마지막까지, 과부족 없이, 두 사람의 인생을 그릴 수 있었다고 생각합니다.

여기까지 계속할 수 있었던 것은 항상 멋진 일러스트를 그려주시는 clear 님, 이 책의 제작에 관여해주신 모든 분들, 그리고 무엇보다 이제까지 지원해주신 독자 여러분 덕분입니다.

정말 감사합니다.

그런데 본 서적의 마지막에는 저, 사쿠라기 사쿠라의 차기작인『어학 유학으로 왔을 터인 귀족영애, 어째선지 신부수업만 하고 있다』가 수록되어 있습니다.*

* 본사 계약작이 아니기에 미수록 되었습니다.

영국에서 친구가 된 귀족영애, 리리. 지독하게 싸우고 헤어졌을 터인데, 갑자기 홈스테이로 찾아왔다. 게다가 어째선지 어학 공부가 아니라 열심히 '신부 수업'을 받고 있다. 그도 그럴 터, 리리는 주인공을 친구가 아니라…….

같은 느낌의, 착각계 러브코미디입니다.

『맞선 억지』와는 다른 방향, 다른 개성의 히로인이지만, 같거나 그 이상으로 달달한 러브코미디로 완성되었습니다.

가까운 시일 안으로 출판 예정이오니 구입해 주신다면 행복하겠습니다.

그럼 차기작에서 만나 뵐 수 있기를 기대하겠습니다.

부족한 부분도
이것저것 있었습니다만
마지막까지
감사했습니다!
clear
이 옷 좋아요

맞선 보고 싶지 않아서 억지스러운 조건을 달았더니 동급생이 온 일에 대해서

맞선보고 싶지 않아서 억지스러운 조건을 달았더니 동급생이 온 일에 대해서 8

2025년 10월 15일 1판 1쇄 발행

저　　자 사쿠라기 사쿠라
일러스트 Clear
옮 긴 이 손종근
발 행 인 유재옥
담당편집 정영길

이　　사 조병권
편 집 2 팀 정영길 조찬희 박치우
편 집 3 팀 오준영 이소의 권진영 정지원
디자인랩팀 김보라 전세연
디지털사업팀 김지연 윤희진 장혜원
라이츠사업팀 김정미 이지현 유아현
영업마케팅팀 최원석 윤아림
물 류 팀 백철기
경영지원팀 최정연
인쇄제작처 ㈜코리아피엔피
발 행 처 ㈜소미미디어
등　　록 제2015-000008호
주　　소 서울시 마포구 토정로222, 502호 (신수동, 한국출판콘텐츠센터)
판매 및 마케팅 (070) 8822-2301

ISBN 979-11-384-4099-8 04830
ISBN 979-11-384-0312-2 (세트)